MEI'S
BUTLER

MEI'S
BUTLER
LOVE

COBALT-SERIES

メイちゃんの執事

ココロ直　原作　宮城理子

集英社

メイちゃんの執事

CONTENTS

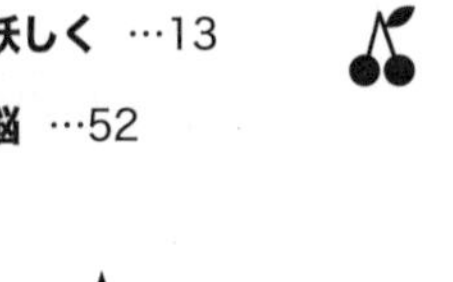

メイちゃんの執事
人物紹介
東雲《しののめ》メイ
中学２年生の
普通の女の子
だったけど…!?
柴田理人《しばたりひと》
メイの執事。
ルチア様と過去に何かが…？
忍《のぶ》様
チアの執事。
が多い。
ルチア様
聖ルチア女学園の権力者。
病弱な美少女。

聖ルチア女学園
2年生のみなさま
執事：木場《きば》
どじっ子。
龍恩寺泉《りゅうおんじいずみ》
しっかり者の委員長。
華山リカ
執事：青山
タミー
執事：神崎《かんざき》
夏目不二子《なつめふじこ》
執事：根津《ねづ》
麻々原《ままはら》みるく
執事：大門《だいもん》

イラスト／宮城理子

メイちゃんの執事

プロローグ

誓《ちか》いをたてるなら、薔薇《ばら》の花がいい。

心が揺らぐと、鋭い棘《とげ》でえぐってくれる。目を覚めさせてくれる。甘い香りで痛みを忘れ、その刻印が悦《よろこ》びに変わる。


黒い薔薇に、出会った。

それがすべての始まりだった。


柴田理人《しばたりひと》。

彼は、そう名乗った。

そして、こう言った。

「あなた様の執事《しつじ》でございます」

両親を亡くして、いきなり天涯孤独《てんがいこどく》の身になったと思った矢先の出会いにしては、あまりにも衝撃的《しょうげき》すぎた。自分が実は富豪《ふごう》の生まれであったことを知ってからの、激流に身をさらわれるような生活の変化をなんとか受け入れることができたのは、彼がそばにいてくれたからだ。

いろいろなことがあって。

いろいろな出会いもあって。

でもそのなかで、一番の輝きを放っている。

彼の黒い瞳は、深く艶《つや》のある、雪の降る直前の夜のような色をしていて……東雲《しののめ》メイは、そのもっと奥に何かがありそうな気がして、手を伸ばさずにはいられなくなっていた。

少しでも近付きたい。

少しでもそばにいたい。

その一心で、この新しい人生に足を踏み入れた。

いつの間にかではなくて、出会った時から予感していたそのままに、好きになっていた。

これまでの生活を捨てて、選ばれた富豪の娘しか通えないというお嬢様《じょうさま》学校に転校する、その日、彼に訊《き》いた。

「理人さんは、どうして執事になったんですか？」

彼は答えた。

「世界一のお嬢様に出会ってみたいのです」

その日から、夢ができた。

世間知らずで向こう見ずで身の程《ほど》もわきまえない小娘の、しかしぜったいにゆずれない、夢が。

「あたし、がんばります……」

それは、誓《ちか》い。

抜けるような青空の下、風の吹く丘の上で立てた。

少し驚いて、でもすぐに笑顔でうなずいてくれた彼と、流れる雲だけがそれを聞いた。

「がんばって、理人さんが望む世界一の……」

小さな小さな心の、壮大《そうだい》な誓い。

1　その箱庭は清純にして妖しく

朝はいつも、決まった音で目覚める。

炊事場《すいじば》から聞こえてくる、お父さんが自慢のうどんをこねる音。お母さんがうどんの具やねぎを刻む音。いつもの小気味良いリズム。

そんな音を耳に、ゆっくりと、四国の田舎町《いなかまち》の澄んだ空気を吸い込み、目を開けるのだ。

目を——

「んぅ……んむ……」

ところが、毎日あるはずのその音が、すっと耳から消えていく。

瞬間。

ドタンッ！

「むぎゃ！　……いったぁーっ」

体が落下した感覚があった。すごく眠いときの寝入りばなによくあるあの感じではなく、もっとはっきりと、確かに、物理的に体が落下した。

そんな馬鹿な。どんなに寝相が悪くても、部屋から縁側の外まで転がったことはなかった。

……なかったはず。

「あ……れ……？」

おかしい。おかしい。おかしいって！　いつもの光景じゃ、ない！

目の前に、洗いざらしたシーツのかけられたベッドがそびえている。使い慣れて薄《うす》くなった
あの布団《ふとん》じゃない。それに、天井が、家《うち》はいかにもな小さい日本家屋《かおく》のはずなのに、なんだか
美術の授業で見た石膏像《せっこうぞう》のような質感が一面に広がった、そんな天井が見える。

「どこ!?」

東雲《しののめ》メイは、思わず叫んだ。

しかし考える時間は与えられなかった。

板張りの床の一部が、ばかっと四角く開き、そこから、小柄《こがら》な子が制服姿で飛び出してき
た。

「**急がねーと殺《や》られるだ!!**」

「はい？　え、ちょ、ちょっとタミちゃん……!?」

いきなり腕を引っ張られ、なすがままに部屋の外へと連れ出される。

無意識に呼んで、ようやく思い出してきた。この少年のような子の名前は、タミー。きのう
転入してきたメイの、女子寮の隣《となり》の部屋に住んでいる子だ。そしてこの学校では週に何度か朝

の礼拝があるとかなんとかで、そうだ、それに行かなくちゃと思っていたところだ。でも、急な転入だったからバタバタと忙しくて、昨日は疲れて寝て、今朝《けさ》はうまく起きることができなくて二度寝して……いや、待てよ、その前にたしか……シャワーを浴びたはず……。

「えええええええええええええええっ！」

メイはようやくすべての状況を理解した。この体に、バスタオル一枚しか巻かれていない。

「タミちゃん、まってーっ。せめてパンツだけでも……っ」

「にゃはははは。近道するっぺ」

タミーはまったく聞いていない。この小さな体のどこにこんな力があるのかと思うほどの勢いで、林のようなところを、ぐんぐんメイは引っ張られていく。

ほどなく、視界がひらけ、あらわれた。あらわれてしまった。

（あれって……教会？　まさかっ……礼拝の⁉）

はだけそうになるバスタオルを必死でおさえながら、メイは叫ぶ。

「だめーっ！　おねがいまってタミちゃぁあああああぁぁぁぁ……」

「突入――っ‼」

バーン！　とタミーが扉を蹴破《けやぶ》るように飛び込み、メイはようやく止まることができた。ずらりと並んだ女子生徒の視線が、一斉《いっせい》に集まる。さすがに超がつくほどのお嬢様学校でも、このありえない半裸《はんら》の闖入者《ちんにゅうしゃ》には、ざわつきを抑えられないらしい。

「なんなの、あの子!!」

「神聖な礼拝堂にあんなカッコで来るなんて、どーゆー神経!?」

「だれアレ。見かけない顔だけど……」

「信じらんない。神経疑うよね」

「……まぁタミーはいつものことだからほっとくとして」

当のタミーはすでに知らぬ顔で、床に座り込んで満足げに手足を伸ばしている。まるでドラ猫だ。

どうしよう……。

転校初日だ。このままではまずい。お嬢様と呼ばれるに足る人たちなら、こんな時どうするんだろう。いや、そもそもお嬢様はこんな失敗などしない……。このままでは、どころか、すでにとてもとてもまずい。

誓《ちか》ったばかりなのに……。世界一のお嬢様になる、と。『あの人』と——

「……」

そうだ。誓った。

あの気持ちは、嘘じゃない。

メイは胸を張り、声を張り上げた。

「こんなカッコですみません!! あのっ、あたしこんど転校してきた東雲メイっていいます……!!　言いにくい名前だけど、どうぞよろしく!!」

ぽかん、と全員があっけにとられたような空気のあと、あちこちから嘲笑《ちょうしょう》が漏《も》れ聞こえてくる。

メイの頰《ほお》が一気に赤くなった。

（あぁぁダメか!?　やっぱこれお嬢様っぽくなかった…!?）

堂々と振る舞ったつもりだったが、効果がなかったようだ。振り絞《しぼ》ったなけなしの勇気だったのに、ここまでから回るなんて。

（も…もうダメ〜……）

これ以上は、どうすればいいのかわからない。メイはぎゅっと目を閉じた。

（助けて……っ。助けて………理人《りひと》さんっ）

瞬間。

「失礼致します」

教会内の空気を鋭く切り裂《さ》くように、男の声が響いた。凜《りん》としているのに、まるで天使がやさしく微笑《ほほえ》んだようなこの声……忘れるはずがない。『あの人』だ。

メイが目を開けると同時に、バサッ、と背後から大きなシーツのようなものをかぶせられた。それをした男の顔を見上げ、メイは安心の笑みをこぼす。

「理人さんっ」

「メイ様。どうぞお仕度《したく》を」

「えっ!?」

バサッ、とふたたびシーツがどけられたときには、すでにメイは制服に着替えさせられていた。興奮状態でよくわかっていないうえに、あまりにも手際《てぎわ》が良すぎて、気づいたときにはこうなっていたのだ。

おお、と歓声があがる。

さっきまでの嘲笑はどこへやら、教会中の視線はすでに、この華麗《かれい》な一幕に魅了《みりょう》されたそれだ。

「探しましたよ、メイ様」

彼は、全身の力が抜けてしまった涙目のメイを、細いがしっかりとした腕で、そっと支える。

「り……理人さぁん……」

「はい。遅くなってしまって申し訳ありません」

艶《つや》のある黒い目を細めて、彼は微笑《ほほえ》んだ。

「あなた様の忠実なる執事、柴田《しばた》理人めが参りました」

バサッ
パサ…
おおおお
おぉ

「広いなあ……」

メイは、部屋の窓から見える広大な林を見て、知らずため息をついた。

これがすべてこの学校の敷地だというのだから。

選ばれた大富豪の令嬢《れいじょう》しか通うことを許されないという、ここ『聖ルチア女学園』。向こうに見える校舎も他の寮の建物も、外国映画でしか観たことがないような豪奢《ごうしゃ》な洋風建築で、なかなか目に馴染《なじ》んでくれない。開けた窓の隙間《すきま》からこぼれてくる鳥のさえずりも、風の匂《にお》いも、四国の自然のなかで感じたそれとは別種のものだった。

ここは、別世界。

まるで外界から隔絶《かくぜつ》された巨大な箱庭だ。

「おや……」

声に、振り返った。

部屋の奥の扉を開けた恰好《かっこう》のまま、背の高い正装の男性が、微笑む。そして、ごく自然でなめらかな動きで、姿勢を正した。

「お早いお目覚めですね、メイ様。すぐに朝食をご用意いたします」

「理人さん……」

四国の小さなうどん屋の娘だった十三歳の東雲メイが、突然の交通事故で両親を亡くしたのは、ほんの二週間前のこと。同時に、自身が世界有数の大富豪『本郷家《ほんごうけ》』の後継者、本郷メイであることを知った。それを伝えにきたのが理人で、それがふたりの出会いだった。

聖ルチア女学園は全寮制の女子校だが、男性の執事を伴《ともな》うことを許されているのだ。ちなみに『本郷』の名前は大きすぎるとのことで、ここではいままでの苗字《みょうじ》『東雲』を名乗っている。

「お待たせいたしました」

理人が、朝食と着替えを運んできた。

「あ、はい……」

メイが着替えの制服に一瞬だけ憂鬱《ゆううつ》そうな目を向けてしまったのを、彼は気づいたようだ。

「今日くらいは、お着替えの前にお召し上がりください」

微笑《ほほえ》んで、パジャマのままのメイを椅子《いす》に促し、ナプキンをかける。

「はいっ。い、いただきますっ」

「メイ様のご要望通り、本日はごはんと味噌汁《みそしる》をご用意いたしました。お口に合いますかどうか」

これまで洋食ばかり作ってもらっていたため、そういう味が恋しくなったのだ。焼き魚に、ほうれん草の和《あ》え物《もの》を添えた、質素なメニューである。

「……おいしい、このお味噌汁……。おかあさんのと同じ味がする……」

ほっと、メイの肩の力が抜けた。胸がいっぱいになる。

じつはこれは、メイの実家で使っていたものと同じ味噌《みそ》と出汁《だし》なのだ。もちろん、米も魚も野菜も、産地にこだわった極上《ごくじょう》の品なのだが、メイは気づかずにただおいしいおいしいと食べた。理人も、余計な事は何も言わない。

この人となら、慣れない生活でもやっていける。そんな気がする。

しかし、理人は、ふと部屋の壁や天井に目をやり、顔を曇らせた。昨日あてがわれたばかりの寮《りょう》なのだが……。

「それにしても、メイ様」

「はい？」

「ここは……」

学園の敷地にある四つの寮の中でも、ここは最も粗末《そまつ》な〝陰《オンブラ》〟寮。生徒たちの間ではオンボロ寮などと揶揄《やゆ》されている。壁にはところどころヒビが入り、天井にも床にも細かなシミが目立つ。設備も簡素で、ベッドはギシギシと音をたて、チェストやクローゼットの引き出しの滑りも悪い。およそ富豪《ふごう》の令嬢が住まうにはふさわしくない場所だった。ましてや世界に名だたる本郷の娘には。

「……メイ様。だんな様にお願いして、もう少しマシなお部屋を……」

「このお部屋、素敵ですよねー」

「は……？」

理人の言葉にかぶさってしまったメイの発言は、意図《いと》してのものではない。自然と口をついたのだ。その証拠に、メイは満面の笑みだった。

「まるでホテルみたいだし。あたし今までずーっとフトンだったから、ベッドって超憧《あこが》れだったんですー♥」

「……」

「はぁ…それになんていい風……」

窓から入ってくるそよ風に、メイは手を休めて頰《ほお》を向けた。ほんのりとピンクに染まるなめらかな頰を、風でこぼれた細い髪がさらりと撫《な》でる。

そして静かな顔で、またふと窓の外に目をやる。その目は、遠く、高く、薄青い朝の空へと。まだ両親を亡くして大泣きしたあの日の記憶も新しかろうに、懸命《けんめい》に今を感じて、前を向こうとしている、そんな目だ。

そんなメイの横顔を、理人はじっと見た。表情を作ることを忘れたように、じっと。

「……」

「理人さん?」

「あ…いえ……」

気づいたメイと、理人の目が合う。

理人はふいっと目をそらし、仕事の笑顔に戻ってこう言った。

「では、本日も少し念入りにお掃除《そうじ》をしておきます。カーテンを替えますので、お好きな色があればおっしゃってください」

「あ、じゃあ、あたしもお手伝……」

「いえっ。メイ様はどうか何もなさらずに」

「ちぇー」

すでに昨日、この部屋の掃除に手をつけたメイの破壊的なまでの不器用さは、理人の胸に刻まれている。昨日の理人の時間のほとんどは、メイが散らかした残骸《ざんがい》の整理に費《つい》やされたのだ。さすがにもう、必死に止める。

と、そのとき。

みしみしっ、と床が鳴って、一部がフタのように四角く持ち上がる。

「メイー‼　朝メシーっ‼」

「あ、タミちゃんっ」

勝手に作った抜け道を通って、隣の部屋からフォーク持参で乗り込んできたタミーに、理人は頭を抱えた。

「ここもふさいでおかなくては……」

◆　◆　◆

「あれが……東雲《しののめ》メイ」

早めに礼拝堂へと向かうメイの姿を、遠くの窓からオペラグラスで覗《のぞ》く陰がある。

それも、ひとつではない。ずらりと並ぶ数人の女子生徒の陰が、皆おなじように一人の少女を観察している。

「品のない、まるで庶民《しょみん》の田舎娘《いなかむすめ》だわ」

「でもあの執事《しつじ》は……なかなかよね。ウフフフ」

「そうね。なんてもったいないのかしら。あれならいい『馬』になりそうなのに」

それは異様な光景だった。

明かりもつけない薄暗い室内に、何匹かの動物がのそのそと動いている。いや、それは動物ではない。目隠しをされ、四つん這《ば》いになって背中に女子生徒を乗せた、パンツ一枚の男たちだった。

「ほら、何やってるの！　しっかりしなさいよ、この愚図《ぐず》！」

一人の女子生徒が、乗馬用のムチで男の尻を叩く。「グッ…ウグゥ…」と悲鳴を嚙《か》み殺しながらも男が痛みで体を細かくよじると、女子生徒はおかしそうにきゃっきゃと笑った。すでに何度かやられたのか、むきだしの尻には何本かミミズ腫《ば》れが走っている。

「こらっ、そっちじゃないわよ！　このまぬけ！」

「きゃ〜、やったわっ。また私の勝ちね！」

「くやしいぃーっ」

最近この部屋で流行《はや》りの『執事遊び』は、目隠しされてお尻に鈴をつけられた『馬』同士を使い、その鈴を、音を頼りに口で奪い合わせるというものだった。お嬢様を落としたり、鈴を奪われて負けた『馬』には、当然、きついムチのお仕置きが待っている。

「あーもうっ、何負けてるのよ、この役立たず！　もっと這《は》いつくばって、相手の馬のにおいも頼りになさいよ！　この駄馬《だば》！　うすのろ！」

「アッ……！　グッ……ウウッ……！　グウッ……！」

悶絶《もんぜつ》する『馬』を見て、周りはけらけらと笑う。

そんな光景を前に、一人の女子生徒だけが凛然《りんぜん》と立っていた。暗い部屋で朝日を正面に受けても、強い瞳は閉じられることがない。

窓の外を見ていた一人が振り返り、その凛とした女子生徒に言った。

「わかっているわね。あなたの役割……」

朝日の陰で、口元が、にいっと上がる。獲物を狙う蛇《へび》のようだ。そしてそれを、まるで真似《まね》るように、誰もが同じく笑む。

しかし列の外の彼女だけは、口元を結んでいた。そして、はっきりと返す。

「私としては、まだ判断しかねます」

「黙りなさい」

列の誰かが、まとわりつくような声で遮《さえぎ》った。

「あなたの判断など、ここでは塵芥《ちりあくた》のようなもの。これは天の意思。清浄なる光《ルチア》の意思なのです」

「しかし……」

「おりこうなあなたなら、ここで逆らうことが何を意味するか……わからないわけではないでしょう？」

「……はい」

彼女は、その目をわずかに伏せた。

その姿が悦《えつ》に入《い》ったように、影たちが似たような妖《あや》しい笑みを並べる。いくつもの肩が上下する様は、まるで暗闇の中でうごめく……。

（蟲《むし》だ……）

彼女はそう思った。

人の心を喰らう蟲。喰われているのは相手なのか蟲自身なのか、それすらわからず貪欲《どんよく》に捕食を続ける、そんな存在。

凜《りん》とした視線をふとそらし、彼女は、全《すべ》てを隠すばかりの朝の光から目をそむけた。

◆　◆　◆

今日の礼拝は、無事に終わった。

そのあとは各教室へと移動するのだが、さすがに他に類を見ない桁外《けたはず》れのお嬢様《じょうさま》学校だけに、生徒数は多くはない。メイと同じ2年生は、数えてみると他に五人しかいなかった。

少ない2年生の中の最後尾を歩いていたら、今日は背後から、ぽすん、と肩を叩かれた。

「ほらほら、そ〜んな緊張しないの」

「え？　あ、不二子《ふじこ》さん」

夏目《なつめ》不二子。同じ2年生なのだが、どうやらワケありで本当は6年生らしい。うらやましいほどの〝ないすばでぃ〟の持ち主で、特に胸などメイとは比較にならない。肩ほどまでの外撥《そとは》ねの髪を丁寧《ていねい》に撫《な》でつけてあって、艶《つや》もある。まつ毛も長く、色気は十分。隣《となり》の部屋のタミーとはまた違って、正当にフレンドリーに接してくれる、ありがたい存在だった。

「そんなに固くならなくっても、そのうち慣れるって〜。**ね〜つ、根津《ねづ》ち〜ん？**」

「おぉいおい、人前だぞ？」

「**いや〜ん♥**」

不二子が抱きついている執事《しつじ》の根津は、くしゃくしゃの黒髪と不精《ぶしょう》ヒゲの似合うニヒルでアダルトな男。

ラブラブなこの二人、なんというかメイにとっては、セクシーな大人の香りでくらくらしそうだった。

メイは目のやり場に困って、頰を掻《か》く。

「で、でも、早くたくさん〝光《ルチア》〟を集めなきゃって思うと……」

「あらあら〜、意気込んじゃって。やっぱり、アレ？　あの執事さんのためぇ〜？」

「え、あ、え、えっと、あの……」

掻いていた頰が赤くなる。

不二子は根津から「おいおい不二子。あんまり新しい子からかうなよ？」とたしなめられていた。この二人の関係は独特で、一般的なお嬢様と執事、という感じではない。

ただ、形は違っても、執事に対する思いは、きっと似ている。

メイは、理人《りひと》を見た。不二子みたいに抱きついてみたい、とかそういうことではない。……いや、少しはある。しかし今は、彼が持ってくれている、ベル。これだ。

「どうしました、メイ様？」

「い、いえ……っ」

手にすっぽりとおさまるその小さなハンドベルこそが、この学園の生徒である証《あかし》にして、学園生活の全《すべ》てを握るカギと言ってよかった。

ここでは、何か良い行いをするたびに、〝光《ルチア》〟と呼ばれる小さな玉をもらうことができる。それをはめこむためのくぼみが、ベルの縁にぐるりと並んでいるのだ。

聖ルチアには学年の他に、厳然たる階級が存在していて、それを決めているのがこの〝光《ルチア》〟の所持数なのである。

まず、〝光《ルチア》〟を10個集めると、〝星《ステラ》〟の緑の光。

さらに10個集めると、〝月《ルナ》〟の青い光。

またさらに10個集めると、〝太陽《ソーレ》〟の赤い光と、交換することができる。

当然、優秀な生徒ほど早く〝光《ルチア》〟を集めることができ、一番上の〝太陽《ソーレ》〟の生徒は、数えるほどしかいない。対してメイは、まだ〝光《ルチア》〟を持たない〝陰《オンブラ》〟。ベルに輝くのは、転入祝いにもらった一粒だけだ。

しかし、メイにとっては、単なる階級よりももっと重要な意味がそれにはあった。階級に応じて、執事に着用が許される服が決まってくるのだ。お嬢様学校だけあって、常につき従っている自分の執事を自慢したいのだろう。どの執事も、常に正装なのだ。

最下級の〝陰《オンブラ》〟の執事は、上着の着用すら許されておらず、したがって理人は常に白シャツとベストのまま。〝星《ステラ》〟でジャケットの着用が許され、〝月《ルナ》〟になればスワロウテール、つまり執事らしい燕尾《えんび》服の着用の認可が下り、さらに〝太陽《ソーレ》〟になると蝶《ちょう》ネクタイとなるのだ。

不二子は〝星《ステラ》〟だから、執事の根津はジャケット。彼はネクタイゆるめの着崩《きくず》しが似合うから、むしろこれでいいだろう。しかしメイとしては、やはり理人にはスワロウテールを着てもらいたい。いや、着せてやりたい。

「ほんとに緊張だけか？　ふふふふふ」

また別の声に、びくっとメイは身をすくめた。

振り返るが誰もおらず、気づいて慌《あわ》てて視線をさげる。

そこにいたのは、黒髪のツインテールが似合う、小さな女の子。麻々原《ままはら》みるくは、弱冠《じゃっかん》5歳にして飛び級で同じ学年にいる天才児だ。

「み、みるくちゃん」

「メイ。おまえ〝陰《オンブラ》〟寮の4号室だろ。あそこは出るからなぁ〜。肩でも重いんじゃないのか？　ふふふ」

「ひっ」

かわいい顔して、オカルト好きなのが玉に瑕《きず》だ。すぐに執事の大門《だいもん》が飛んでくる。

「みるく様!!　またそんな他人様《ひとさま》の不安をあおるようなことを……。あ、あの、みるく様をよろしくおねがいしますね？」

「ちょっとデカイからって、エラソーに!!」

ドカッ、とみるくの跳び蹴りが大門に炸裂《さくれつ》する。こんな子だが、さすがは天才児というか、

〝光《ルチア》〟のほとんどをテストの好成績などで稼《かせ》ぎ、すでに階級は〝月《ルナ》〟である。執事の大門は実直な好青年然とした外見そのままの性格で、もとは自衛隊員だったという背も体も大きな男。メイが喉《のど》から手が出るほど欲しいスワロウテールで、見事な体軀《たいく》を包んでいる。小さなみるくと大きな大門が並ぶと、さながら妖精と巨人のようだ。

「出たらおしえろよ〜。ひっひっひ」

しかしその妖精は、なんというか、ちょっと黒い……。

メイは、同じ〝陰《オンブラ》〟寮《りょう》の仲間であるタミーに救いを求めた。

「ね、ねえタミちゃん」

「うん？」

「あの部屋ってほんとに……」

「ちょあああーっ!!」

するとタミーは突然ナイフを構え、メイの背後に向かって飛びかかった。

「甘いッ！」

カキン、と金属音をたてて、二つのナイフが弾け合う。それをしたのは、タミーの執事である、神崎《かんざき》。髪を後ろで束ねた、まるで猛禽《もうきん》類のような鋭い眼光を放つ男だ。

「神崎、コロス!!」

「できるものならやってごらんなさい、多美姫《たみひめ》様!!」

メガネを指で上げつつ不敵な笑みを浮かべる神崎に、タミーは何度も襲いかかる。廊下《ろうか》の真ん中で、実戦さながらにナイフが交叉《こうさ》する。

「あ、あの、あの、不二子さん。この二人は……っ」

「あー、考えたら負け。いつものことよ」

さすが世間とは隔絶《かくぜつ》された空間だけあって、同級生たちはみんなキャラクターが濃い。

こんな人たちの中で個性を発揮して〝光《ルチア》〟を獲得《かくとく》していかなければならないこの学園生活に、メイは一抹《いちまつ》の不安を覚えずにはいられなかった。


ばふーん、と体がベッドに沈む。

制服と同じく黒を基調にしたワンピースだが、普段着はショートスカートだ。しかしその裾《すそ》を気にするのも億劫《おっくう》だった。

「メイ様？」

「**あ……はい。らいひょ～ぶでふぅ～**」

目が回る。理人の顔も回っている。

今は夕方。過酷《かこく》な授業が、やっと終わった。

お嬢様学校らしく礼儀《れいぎ》作法に厳しいことは予想できた。しかし、授業のレベルが高すぎる。

国語や数学が難しいのはもちろんのこと、政治経済や世界情勢、心理学など、メイにはさっぱりだった。おまけに体育の鷹狩《たかが》りでは鷹に獲物《えもの》と間違われて追われる始末。とてもじゃないが、体も頭ももたない。

熱っぽい頬《ほお》の上で目をしばしばさせているメイを見て、理人はぱたんと手帳を閉じた。

「今日の復習は後にしましょう。夕食まで少しお休みください」

とたんにメイの顔があがる。

「ダ…ダメです!! 今度の小テストで3番以内に入れば光《ルチア》をひとつくれるってシスターが……」

理人は、くすりと微笑《ほほえ》む。

つん、と軽くつつかれて、ぱたん、とメイは再びベッドに倒れこんだ。

意気込みとは裏腹に、体は休みたがっている。

「長期戦で参りましょう。体を壊しては元も子もありませんよ」

「で…でもぉ……」

「お嬢様の健康を管理するのも執事の勤めです。お休みなさいませ」

その心地良い声に、メイは自然と目を閉じてしまう。

(まだあたしの〝光《ルチア》〟は1個だけ……。あと9個ためたらやっと〝星《ステラ》〟かぁ……)

理人に優雅なスワロウテールを着せてあげられる日は、いつ来るのだろうか。夢見心地のな

つん
くら…
パッタリ…

か、そんなことを考える。

いつか、蝶《ちょう》ネクタイで正装した理人《りひと》が、「メイ様、お手をどうぞ」とやさしくエスコートしてくれる日が――

「うへへ……うへへへへ……」

「…………やはり相当お疲れのようだ……」

しかし、メイはまだ知らなかった。

ただ単に〝光《ルチア》〟を集めるよう努力するだけで成り立つほど、この妖《あや》しい箱庭は甘くはないということを。

その洗礼を、メイは早々に受けることになる。

「メイーっ!! タメシ食いに行くだーっ!!」

夜も更《ふ》けたころ、隣《となり》のタミーが執事の神崎を伴《ともな》ってお誘いにきた。

「うんっ。今行く!!」

ちょうどロングワンピースに着替えを終えたメイは、仕上げの腰のリボンを理人が結んでくれるのを待ってから、タミーに並んだ。たまに唐突《とうとつ》に神崎と戦闘訓練をはじめることを除けば、自分と同じく小柄《こがら》で、屈託《くったく》のない笑顔を向けてくれるタミーが友達になってくれたことはありがたかった。少なくとも寮《りょう》の中では、上の階級の生徒たちが放つあの独特の威圧《いあつ》感を、感じなくて済む。

寮を出て、大食堂へと向かう。薄暗い道を照らす外灯には、不思議なことに虫の一匹もたかっていない。田舎《いなか》では家の中の明かりですら迷い込んできた蛾《が》にたかられるというのに。大らかだった四国での暮らしとは、違う。

何もかもが違う。

似たような豊かな自然に包まれているのに、ここはなんだか、人を呑《の》み込みたくて手ぐすねを引いているような暗さがある。虫や動物たちはその空気を感じ取って寄ってこないが、感覚のマヒした人間たちだけがその身を蝕《むしば》まれている。そんな印象だった。

大食堂の中では、すでに生徒たちがずらりとテーブルを囲んでいた。

メイも2年生のテーブルへと足を運ぶ。

「どうぞ」

理人が、メイの席の椅子《いす》を引いた。

「は…はい……」

メイはこれが苦手だった。執事の動きに合わせて腰を下ろすのだが、そのタイミングや動きがいまひとつつかめない。小柄なメイには微妙に椅子が高くて、ちょっと飛び乗るようにしなければ座れないのもネックだった。

案《あん》の定《じょう》、ドスン、とおしりが着地する音が響く。

同じように小柄なタミーは、ぴょんと跳び上がっているのにちっとも音がしない。お嬢様らしからぬ野生動物のような身のこなしのなせる業《わざ》である。おかげでメイばかりが悪目立ちしていた。

くすくす、くすくす、と嘲笑《ちょうしょう》が聞こえてくる。

（な…なんで〜？　ちゃんと座れたのに……）

メイにとっては一度で座れただけで成功なのだ。

「豚《ぶた》でも暴れてるのかしら」

いきなりのきつい言葉が、胸に刺さる。周囲の嘲笑が大きくなった。

相手は、すぐ向かいに座っている同級生、華山《かやま》リカだ。

彼女は、ただそこにいるだけで人目を引くような、明らかに周囲とは別モノの美貌《びぼう》を持っていた。ナチュラルなウェーブ髪をさらりとかきあげるその仕草ひとつとっても、なぜか強く印象に残る。さほど背が高いわけでもなく、年齢相応に未成熟な体なのだが、ひとつひとつの動きに自然なしなのようなものがあって、独特の色気があった。

熱を持った幼く危うい妖艶《ようえん》さと、相反するように酷薄《こくはく》な声質、そして氷の彫像のような造形美。その熱と氷のふたつの魅力を併《あわ》せ持っていた。顔立ちだけ見ても、世間で美人と称される人たちがくすんで見える。その中にあって、気の強そうな目と、眉間《みけん》のしわが出やすい薄い皮膚《ひふ》が、彼女の感情を隠すことなく表していた。

「優雅じゃないわ。いくら執事が優秀でも、主人が豚じゃあね」

「……」

長いまつげを上下させて、ツン、と顔をそむけるリカに、しかしメイは視線すら向けることができなかった。ただでさえ肩身が狭いうえ、基本的な事もできない自分が悔《くや》しくて、唇を噛《か》む。ましてや相手のリカの階級は〝月《ルナ》〟。勉強以外にも学校行事や立ち居振る舞いなどで〝光《ルチア》〟を獲得《かくとく》してきた優秀なお嬢様だ。言い返す術《すべ》など、持ち合わせていない。

そんなメイを、理人はじっと見ていた。

執事たちも思うところがあるようで、根津《ねづ》と大門が視線と小声で会話している。

「かわいそうに。完全にロックオンされちまったなぁ……」

「華山様は美人な分、タチが悪い……」

だが、そのとき。

そんなリカの隣から、同じく印象の強い声が飛んできた。

「夕食時《どき》にそんな話をするほうが優雅じゃないよ。リカらしくない」

リカの細いあごが、ぴくっとわずかに上がる。

周囲の声が、ぴたりとおさまった。

声の主は、やはり同じ2年生、竜恩寺《りゅうおんじ》泉《いずみ》だ。彼女はなんとすでに〝太陽《ソーレ》〟まで昇りつめているため、その発言力は大きいのだが、しかし周囲を黙らせたのはそれだけではない。彼女には、なんともいえない存在感があるのだ。色白で背が高く、きりっとした印象だが、動作のひとつひとつに張りがある。声も、耳に直接響くような澄んだ鐘の音のようで、たった一言で周囲の意識を根こそぎ自分のものにしてしまう。所作《しょさ》は優雅でありながら無駄《むだ》がない。見かけは確かに美しい。美しいのだが、そこではないのだ。リカが未完成な天然の美の持ち主なら、泉はさながら、自ら何度も磨《みが》き上げてカットを施《ほどこ》した、極上《ごくじょう》の宝石のようだった。

長いが決して重たげではないストレートヘアを指ですいて、泉は端正《たんせい》な口元に笑みをたたえている。

聖女ルチアへのお祈りが済み、夕食がはじまるとすぐに、彼女から話しかけてくれた。

「東雲《しののめ》さんてどこから来たの？　ぜひ聞いてみたいな」

「は……はい!!」

泉が促したとたん、場の空気ががらりと変わった。

緊張の解けたメイはもちろんだが、みるくや不二子《ふじこ》も肩の力を抜いて話に参加しはじめる。

これも、泉の器《うつわ》なのだろう。個性派ぞろいの2年生をまとめている重鎮《じゅうちん》はまちがいなく彼女なのだと、メイにもすぐにわかった。

「あたし、四国から来ました！」

「行ったことないわねー。どんなとこよ」と不二子。

「有名な霊場《れいじょう》がテンコ盛りだな。ふふふ」とみるく。

「メシはウマいっぺかぁ？」とタミー。

「そうだね。東雲さんの故郷の名物は何かな？」と泉が笑みを深くすれば、いっそう場が華《はな》やぐ。

「うんっ。すっごくうどんがおいしくて……♥」

気がつけば、2年生のテーブルはどこよりも談笑に花が咲いていた。

たった一人をのぞいて。

「………」

悔《くや》しそうに唇を結んだリカだけは、眉間《みけん》のしわを隠しもせずに黙々と食事を終えていたが、メイはそのことに気付かなかった。

席を立った彼女と入れ替わるように、白いシスター服に身を包んだ女性がメイの背後から声をかけてくる。

「楽しそうね、東雲さん」

「あ、シスター・ローズ」

慌《あわ》てて立ち上がろうとしたメイを、シスター・ローズはそっと手で制した。この、物腰の柔らかな若い女性が、聖ルチア女学園をまとめる学園長だとは、外見からは誰も想像し得ないだろう。常に彼女の後ろに付き従っている執事の桜庭《さくらば》も、他の執事たちより一回りほど年かさなこともあり、細い体に似合わない静かで重厚な落ち着きを身にまとっている。

「ここにはもう慣れた？」

「あ、はい。えっ……と。少し……」

わずかにうつむくメイに、シスター・ローズはどこかいたずらっぽい微笑《ほほえ》みを向けた。

「あせりは禁物《きんもつ》。長期戦でいくことね」

（理人さんと同じことを……）

ふっと肩の力が抜ける。楽しそうに話していたつもりでも、溶け込もうと躍起《やっき》になっておしゃべりしていたのかもしれない。

もしや、そんな焦《あせ》りが知らないうちに顔に出ていたのだろうか。まだ転入して間もないというのに、的確なタイミングでさりげなく声をかけてくるシスター・ローズ。これは只者《ただもの》ではないなと思わせた。

その背を見送ってから、メイは理人の顔を見た。

理人は静かに微笑んで、ゆっくりとうなずいた。

自分を気にかけてくれる人が、ちゃんといる。そう思えたことでメイは、すっと重いものを背中からおろしたような気分になった。何もかも別世界なこの学園も、いつか本当に好きになれそうな気がする。

「ねーねーメイ〜。これからみんなでカフェ行かない？　話の続き聞かせてよ」

「うんっ」

不二子の誘いに、メイは満面の笑みでうなずいた。

「死国《しこく》の話だぞ」

「四国です……みるく様」

遠慮《えんりょ》なく蹴《け》りを入れられている大門の姿に思わず噴き出しつつも、メイは、ハッと気づいて慌《あわ》てた。すでに大食堂を出ようとしていたまっすぐな背中を、小走りで追いかける。

「あのっ、泉さんっ」

「え？　ああ、東雲さんか。なんだい？」

振り返った泉に、メイはがばっと頭を下げる。

「え、と、あの……さっきはありがとうございましたっ」

「ええと、なんのことかな」

くすり、と泉は笑っている。恩を着せるつもりはこれっぽっちもないらしい。

「あの、これからみんなでカフェって、さっき誘われて、その、よかったら泉さんもいっしょにどうかなって、えっと……」

「悪い。これから〝太陽《ソーレ》〟の会合があるから。また今度聞かせてもらうよ」

「あ、そ、そう……ですか……」

しゅんと肩を落とすメイを見て、泉は微笑んだまま、さっと隣の執事の背中を押した。

「そうそう、東雲さん。紹介しておくよ。うちの執事の木場《きば》だ」

どこか少年っぽさの残る顔立ちの木場は、あわあわと背筋を伸ばした。

「き、木場ですっ。よろしくおねがいしますっ」

「木場。会合に使う資料は？」

「え？　あ……しまった……いますぐ取ってきますっ」

「いいよ。すべて頭に入っているからね」

「あ……スミマセン……」

「とまあ、この通りのドジっ子だ。ははははは」

くだけて笑う泉《いずみ》。その大きさを、メイはまざまざと見せつけられた。これが本当に同級生なのだろうか。感謝と共に、尊敬の念を抱いてしまう。

「東雲さんのところの彼には遠く及ばない未熟者だが、私ともどもよろしくたのむよ」

「そ、そんなっ。はいっ、こちらこそよろしくおねがいします！」

「うん。じゃあ、おやすみ」

理人にも目礼をしてそのまま立ち去ろうとする泉を、しかしメイは再び呼び止めた。

「あ、あのっ、泉さん！」

「？」

指先をこねくりまわしながら、おずおずと言ってみる。

「その……よかったらあたしのこと、メイって名前で呼んでください」

「……」

おや？　とメイは思った。

きりっとした泉の眉目《びもく》が、ほんの少し、沈んだような気がしたのだ。笑われたり、たしなめられたりならわかるが、こんな反応は予想しなかった。

しかし、それが勘違《かんちが》いだったかと思わせるほど素早く、泉は口元に微笑《ほほえ》みを戻した。

「そうだね、考えておくよ。じゃあ、またね」

「……あ、はい」

どこか釈然《しゃくぜん》としないまま、メイは泉の背を見送った。

傍《かたわ》らに立つ理人に、つぶやく。

「忙しいんですね、泉さんって……」

「実質、この学園を動かしているのは〝太陽《ソーレ》〟ですからね」

「えっ。シスターたちじゃないんですか⁉」

「ええ。ここは学生主体がモットーでして」

そのときだ。

ふたりの背後から、するりと滑り込むように、声が割り込んできた。

「お話がはずんでるようね」

振り返ったメイの表情が、固まる。

そこにいたのは――

（華山リカ……）

しかも、その表情は、ある種の異様な艶《なまめ》かしさがあった。たとえるなら、獲物《えもの》を呑《の》み込もうとする蛇《へび》のような。

「先ほどは失礼しましたわ。私としたことが、あんな回りクドいことを……」

しかし、蛇などの野生の捕食者と決定的に違うのは、そこに食欲という本能以外で狩りを行う、人の業《ごう》が渦《うず》を巻いているところだ。

「もっとわかりやすく言ってあげればよかったのね。あなたのような人にもわかるように」

「え？」

リカの目は、肉を欲するだけの獣《けもの》のそれではない。獲物をもてあそび、引き裂く楽しみを知ってしまった者の目だ。

クス…とリカが笑った。

ぞわ、とメイの背筋に悪寒《おかん》が走った。

氷のような冷たい言葉が、焼けつくような熱を持って、その唇から発せられる。

「あなたの執事、もらってあげる」

「え……？」

すっ、と周囲の音がなくなった。

なぜか誰もが黙ってしまったのだ。まるでリカの次の言葉を待つかのように。

現に、周囲の生徒の表情は、なにか興奮を抑えつけて火照《ほて》っているような、そんなものばかりだった。異様……。吐き気がするような。

「あ…あの……。よく意味がわからないんですけど……」

「金バッヂのSランク執事……。でも東雲さん、あなたが持ってても宝の持ち腐れ。ね、そう思わない？」

「…………」

実は理人《りひと》は執事協会認定のS級バッヂを胸につけているのだ。S級は10年に一人といわれるほど優秀で、当然、目立つ。

「その執事はこの私に仕えることこそふさわしい。あなたみたいな田舎者《いなかもの》には似合わないって言ってるのよ」

何か異変を察したらしい不二子たちが、慌《あわ》てたように駆け戻ってきた。

と、同時に、リカがいっそうの妖《あや》しい笑みを浮かべて、言い放つ。

「その執事をかけて、デュエロを申し込むわ」

ざわ、と周囲から感嘆《かんたん》のような声があがった。室温が3℃ほど上がったような感覚を、メイは覚える。

不二子が、「あちゃ…」と頭を抱えた。

「ねえリカ。何もこんな入りたての子相手に……」

「不二子《ふじこ》さん。〝月《ルナ》〟の私より格下のあなたが、意見なさる気？」

「う……」

そのうしろでは、大門《だいもん》がみるくを説得する。

「この場で華山《かやま》様をお止めできるのは、みるく様しかいませんっ!!」

「ふははは。バカ者!!　血が見れるんだぞ、血が♥」

「みるく様〜〜〜〜〜っ」

周囲のざわつきが、だんだんと大きくなる。

まるで状況がつかめない。どろっとしたうねりのなかに立たされているようだ。

メイは、助けを求めるように、小声で理人にたずねた。

「あの…デュエロって……？」

「デュエロとは決闘を意味します」

「け、決闘……!?」

涼しい顔の理人から、メイは慌《あわ》ててリカに向きなおった。

「む、無理です。っていうか嫌よ!!　なんであたしたちが決闘なんて……」

「別に私たちが戦うわけじゃないわよ。野蛮《やばん》ねぇ。何のための執事だと思ってるの？」

「!!」

その言葉を待っていたかのように、それまでリカの後ろに付き従っていた執事が、顔をあげ

てニヤリと挑発的な笑みを見せた。

「うちの青山が私のかわりに戦うわ。あなたもその自慢の執事で戦いなさい」

リカの執事、青山は、どこか異国の遺伝子も持っているのか、はっきりとした顔立ちだった。薄い色の髪にはリカのように自然なウェーブがかかっていて、まつ毛も長く、色も白く、容姿端麗《ようしたんれい》という言葉がそのまま当てはまる。まるで外国映画に出てくる王子様のようだ。

しかも、若い。おそらくまだ十代だろう。そのぶん、落ち着いた物腰とは裏腹に、目の奥が野心的にギラギラしている。

不敵な笑みを崩《くず》さないまま、少し高い声で青山は言う。

「そのバッヂの実力がどんなものかは知らないけど……ボクは強いよ？」

視線の先の理人は、一瞬の間のあと、にっこりと笑みを返した。

「よろしく」

メイが、がばっと理人の腕に抱きつく。

「理人さん!!　どうして……」

「ここでこのデュエロを受けないと、無条件でメイ様の負け。私は華山様のもとに行かなくてはなりませんが……」

「そんな……!!」

この学園では、〃光《ルチア》〃がすべてだ。上の階級からデュエロを申し込まれた場合、下の階級の者は断ることができない。とんでもないルールだ。〝光《ルチア》〟が決めるものによって、そんなところまで差が生まれてしまうのか。

「ホホホホ。さすが物分かりのいいこと。いいわ……ますます欲しくなった……」

悦《えつ》に入《い》ったように高笑いするリカに、メイは言葉もなく立ちつくした。生徒たちのざわつきはもう止められない大きさだが、そんなものも耳に入らない。

ここはまるで、檻《おり》だ。

外からの無慈悲《むじひ》な視線にさらされながら、獣を相手に肉を取り合わなくてはならない檻の中のようだ。

「では明日の夜10時、コロッセオで待ってるわ」

立ち去っていくリカと青山の後ろ姿を、メイはまばたきもできずに、じっといつまでも見つめ続けていた。

2　狂おしくも甘美なる苦悩

決闘《デュエロ》。

今の日本に、そんなものが存在するなんて……。

メイは、深夜になってもなかなか寝付けなかった。

（もし理人《りひと》さんに何かあったら、あたし……）

ベッドの上で、枕に顔をうずめて考える。

（やっぱり理人さんに、明日の決闘《デュエロ》やめてもらうようお願いしたほうが……）

理人のいる部屋のドアをちらりと見た。彼が傷を負うかもしれないのに、このまま行かせていいのだろうか。

しかし同時に、理人の声もよみがえる。

『そうしたら私は華山《かやま》様のもとに行かなくてはなりません』

いやだ。

それは絶対にいやだ。

傷を負わせたくない。しかし失いたくもない。

それがメイの苦悩。

どちらも選べない。選びようがない。

あの青山《あおやま》という執事がどれほど強いのかは知らないが、どうしてリカは大事な執事を駒《こま》のように使うことができるのか、そのことのほうが理解できなかった。この学園にこんな風習があること自体、まったくもって理解できなかった。

少し大きいだけの特殊なお嬢様《じょうさま》学校。その程度のものと考え始めていた自分が、今はひどく恨《うら》めしかった。

「どうすればいいの……」

思わず、心の声がつぶやきに変わっていた。

◆　◆　◆

それは、メイが聖ルチア女学園への転校を決めた日のこと。

すでに四国の実家へ遣わされていた理人は、そのことを主人に、つまりメイの祖父、本郷金《ほんごうきん》太郎《たろう》に報告していた。パソコンのウェブカメラで配信されてくる映像で、金太郎は飼い主に似て丸々とした猫を抱いて、好々爺《こうこうや》然と笑っていた。

『そうかそうか。メイはようやく決心したか。ほっほ』

「……はい」

理人は一拍置いて、ゆっくりと切り出した。

「それと関連して、ひとつご報告が」

「ほ？　なんじゃ？」

「メイ様が聖ルチアへの転入を決意されたのは、まわりの者を危険に巻き込まないようにとのご配慮《はいりょ》からなのです。じつは先ほど、メイ様のご自宅が何者かの手によって爆発、炎上いたしまして……」

「おっほ！　そうかそうか、よくやった！　どこの誰の仕業《しわざ》か知らんが、よくやってくれたわい！」

「……」

ご満悦《まんえつ》な金太郎は、猫にほおずりをしている。

たしかに、本郷家の正統な後継者なら、命を狙われるなど日常茶飯事《さはんじ》だろう。メイが聖ルチアに転入すると報告をしたから、彼女の命が無事だという判断もできるはずだ。しかし、そんな事があっても孫のケガの具合や動揺《どうよう》などを心配するよりもまず、喜びが先に立つとは……。

これが『昭和の怪物』と畏《おそ》れられるものの思考なのだろうか。

喜ぶ理由は、わかる。金太郎の懸念《けねん》は、これまでごく普通の生活を営《いとな》んでいたメイが、権謀《けんぼう》校である聖ルチアに入ることは、それだけ本郷家の側に近づくことを意味するのである。

　理人は金太郎の笑い声を聞きながら、映像を避けるかのように目を閉じた。

「のう、理人よ」

「……はい」

「メイはこの本郷家の宝じゃ。言っとる意味は……わかるな？」

「はっ……」

「うん。うん」

　言われるまでもなく、誰よりも優秀な執事である理人なら、自分の命に代えても主人を守るだろう。

　しかし、金太郎の真意はそこではなかった。

「そこでなぁ、考えたんじゃが、理人よ」

「……？」

「ワシはおまえを、メイの婿《むこ》にと思っとるんじゃ」

「……は？」

　いつも冷静な理人が、目を見開いた。

「ですが私は一介《いっかい》の使用人で……」

「メイを任せながら、この本郷家を預けるに足る人間が、何人おる？　のう、理人？」

はっと気づいた。

なぜか理人は、それまで本郷に関係する別の人物に仕えていたのを、親が亡くなったことで存在が報告されたメイのもとへ、半《なか》ば強引に派遣《はけん》されていたのだ。引っ掛かっていた謎《なぞ》の答えが、少し解けた気がした。

「悪い話ではあるまい？　本郷の莫大《ばくだい》な遺産が手に入るのじゃからのう。それに、ほっほ、メイならあと五年もすれば、いい女になるぞ？　さいわいあいつもおまえのことが気に入っとるようじゃしのう」

金太郎の声が、通信のノイズと混じって聞き苦しかった。

だが、じっと黙ってしまった理人などおかまいなしに、話は続く。

「じゃがのぉ、メイはまだ世間を知らん。いつ心変わりするとも知れんからのう、もうひとつ決め手がほしいところじゃ……」

そのとき、何かを思いついたように、金太郎の白い眉《まゆ》が上がった。

「おお、そうじゃ。理人よ」

垂れ下がったまぶたが上がり、見えた目は、ギラリと光っていた。顔は笑っているが、目は怪物のそれだ。

そしてその口から、とんでもない言葉が飛んできた。

「メイと寝ろ」

「──!!」

ザザザッ、と映像が乱れた。

しばらくお互いに無言だったが、その間も金太郎は猫とじゃれるのをやめ、じっと理人のほうに視線を向けている。

考えた末、理人のほうから口を開く。

「だんな様。メイ様はまだ13歳で……」

「ほ？　ばあさんがうちに来たのも13じゃがのう」

「ですが……」

「なぁんじゃ、理人。優秀なおまえらしくないのう。まさか、執事の心得を忘れてしまったのかのう？」

「……」

政財界を裏で操っていた怪物の目は、動くことがなかった。

理人はかすかに唇を嚙《か》み、息を整え、ただいつもと同じ答えを可能な限りいつもと同じ口調で、返した。

「……かしこまりました……」

理人は、満足げな金太郎から許しが出るのを待ってからパソコンを切った。

静かになった部屋で、彼は生まれて初めて、押し殺してきた言葉を小さく口に出してしまった。

「たぬきめ……っ」

理人の苦悩は、その日からはじまったのだった。

◆　◆　◆

「おはようございます。メイ様」

「お……おはようございます!!」

理人はメイの姿を見て、薄く微笑《ほほえ》んだ。

「ご自分でお着替えになったのですね」

「え、ええ。これくらいは自分で……」

「ですがそれは少々……」

背中のボタンはかけちがい。腰のリボンはタテむすび。よく考えたらこの制服、全部を自分で着たことがなかった。

「お直しさせていただきます」

「すみません……」

「どうぞこれからは私をお呼びくださいね」

みっともなくて恥ずかしかった。これでは理人がもったいないと言われても仕方がない。

いよいよ夜はデュエロなのだが、その前からすでに洗礼ははじまっていた。

礼拝前の教会で、そのことを嫌というほど思い知らされた。

「ねーねー聞いた？　2年の華山《かやま》さんと転校生のデュエロの話!!」

「転校生って、礼拝の時にタオル一枚で来た、あの変な名前の？」

「アハハハ。そうそう。あの子の執事を賭《か》けてデュエロですって」

「ちょっと素敵だったもんねー♥」

「どっちが勝つかしら」

「そりゃ……」

礼拝中も、みんなどこかそわそわした雰囲気《ふんいき》だった。それは食事の前も同じで、メイはいたたまれず、テラスのカフェへ抜けだした。

こんな場所で、急にもかかわらず理人がすぐに用意してくれた簡単な朝食で済ませる。

「メイ様。食後のお飲み物はいかがされますか？」

「あ、はい……。じゃあミルクティーを」

「かしこまりました」

しかし。

理人《りひと》が席を外したところを見計らったように、見たことのない数人の女子生徒たちに囲まれた。

「身《み》の程《ほど》知らずよね。華山リカとデュエロなんて。青山《あおやま》くんに勝てると思ってるの？」

「え……。イタッ」

誰かに足を踏まれた。思わずイスを引くと、今度はまた別の誰かに、近くの花瓶《かびん》の水を膝《ひざ》の上のスカートにびちゃびちゃとかけられる。

「あ〜ら、怖くておもらしでもしちゃったのかしら？」

キャハハハ、と嘲笑《ちょうしょう》が取り巻いた。

メイが言葉を失っても、おかまいなしだ。

「どこの成金か知らないけど、大金積んで雇ったS級執事なんか連れて、偉そうに歩いてんじゃないわよ。豚《ぶた》に真珠《しんじゅ》なのよ」

「あの執事を取られたら、代わりが来るまであなた一人よね？　かぁ〜わいそう。食事のときは私たちが給仕をしてあげるわ。うれしいでしょう？」

「豚にお似合いの最高の残飯を用意してあげるわよ。オホホホホ」

ねっとりと睨《にら》みながら、人の壁がようやく去っていく。

入れ替わるように、理人が戻ってきてカップとソーサーを置いた。紅茶が注がれるときにスカートを見られないように、メイはテーブルの下に深く足を入れる。

「メイ様」

「あ……はい」

「先ほど華山様より、デュエロの方法は『フェンシング』で、とのご通達がありました」

フェンシング。メイには馴染《なじ》みがないが、テレビなどで観て、剣を使って刺し合うような競技だという認識くらいはあった。

なんだか、いやな予感がする。

（どうしよう……。今ならまだやめることも……）

グサッ。

「ひぃっ」

思考をさえぎって、いきなりナイフが飛んできた。テーブルに突き刺さる。

「元気ないっぺなー。大丈夫《だいじょうぶ》け？」

ひらりとやってきたのは、タミーだ。相変わらず危険にまみれた行動だが、いまはその精神がうらやましくもある。元気がない原因の半分はこのナイフなのだが。

「こらこら姫様。素人《しろうと》さん相手におやめなさい」

たしなめながら執事の神崎《かんざき》がやってきた。テーブルにしがみついているタミーをひょいっとつまんでどけ、襲いかかろうとするのを片手で押しとどめていた。

「ひとつだけ言っておきますが」

神崎の目が、鋭いそれへと変わる。

「ああ見えて華山様の執事青山は、強いですよ」

「え……？」

さっきの人たちのような挑発とはちがう。ちゃんとした忠告、しかも、タミーの攻撃をかるがるとあしらっている人物だけに、その言葉には妙な重みと説得力があった。あの獲物《えもの》を狙うような目で、眉《まゆ》も動かさずにこう言う。

「青山は……フェンシングの世界ジュニアチャンピオンなんですよ。しかも奴は、真剣を使います」

「しっ、真剣って……本物の切れるヤツ!?」

「ええ」

メイは、理人の顔を見た。相変わらずの穏やかな微笑《ほほえ》み顔で、まるで動じていない。同じく神崎も、まるでそれが当たり前というような変わらない顔だ。

「青山は相手の最も自慢とする所を狙います。前回のデュエロでは手でした」

「手？」

「……手先の器用な執事でしたからね」

さっ、とメイの顔が青くなる。

いや、むしろ……この状況で顔色を変えているのが自分ひとりだけだということのほうが、異様で怖かったのかもしれない。

「あ、あの、理人さ……」

「メイ様。お部屋へ、お召し替えにいきましょうか」

「え？　あ……」

メイは、ぐっしょり濡れたパンツとスカートを感じながら、ぎゅっと口を結んだ。

そして、その日、全校生徒に連名で招待状が届いた。

親愛なる聖ルチアの皆様方
今宵《こよい》22時コロッセオにて私たちのデュエロを行います。
お時間がございましたらどうぞ思い思いのおしゃれを楽しんでおいで下さいませ。
お待ちしております

2年　華山リカ
東雲メイ

その夜。

メイは部屋の大きな窓の下で、じっとうつむいていた。今日に限って丸い大きな月が、いやにまぶしい。顔をあげるには、まぶしすぎる。

じっと黙って待っていると、カチャ、と奥のドアが開いた。

「おまたせいたしました。さあ参りましょう」

現れた理人は、ヘアワックスのようなもので髪を整えてあった。そうして気持ちを整えたのか、それとももしかすると、戦いの最中に髪が視界をふさがないようにという非情な決意と判断なのか、メイにはわからない。

「………………」

メイは、理人の顔を一瞬しか見ることができず、すぐに目をそらしてしまった。だが下げた視線の先には理人の手ににぎられた真剣があって、今度は逆にそこから目を離せない。柄《つか》の先の部分が鈍く輝き、細いのに妙な圧迫感がある。

「どうされました？」

無言を気にした理人に、たずねられる。

その言葉や抑揚《よくよう》が、あまりにもいつも通りで、メイは唇を噛《か》んだ。この日常の中に入り込んでくる、これから起こる事態が、どうしても納得できなかった。

目を閉じ、また開いたら、理人はメイを心配させまいとしてか、薄く微笑《ほほえ》んでいた。

だから、決めた。

「やっぱり……やめましょう、この決闘《デュエロ》……」

「……何度も申しますが、そうすると私は無条件で華山様の——」

「わかってます!! でも……もし理人さんがケガしたらって考えたら、あたし………」

「………」

なんとか涙はこらえた。言葉は震えてしまったが。

しかし、予想外に理人の目つきが変わった。その目は、射抜《いぬ》くように真剣だった。月の光にも負けないほどに。

「メイ様。もっと私を信頼なさってください」

「……!!」

もしかして理人を怒らせたのではないか。そう思って焦《あせ》った。こんな目は見たことがない。

「そんな……理人さんを信頼してないわけじゃ……」

「メイ様」

彼が、まばたきをひとつした。するとまた目が変わった。いつものそれ……いや、少しいつもよりも、張りつめた仕事の感じが薄いかもしれない。

「私は、メイ様のおそばを離れたくないのです」

「え……?」

「だから絶対負けませんよ。信じてください」

「あ……」

執事だからじゃない。そうじゃない。

この微笑みが、声が、存在が、どれだけ自分にとって大切なものであるか、心にしみるように思い知った。

こんな異常な場所で、異常なことに……。

(ダメだ……こんな大事な人に、危険なことはさせられない……)

ぐっと目を閉じ、嗚咽《おえつ》のような言葉を吐き出した。

「それでも……今日のデュエロは中止します……」


大きな丸い月が空にかかり、白々とした光を放っている。

その下、コロッセオの円形の闘技台もまた、冷たい白さを放つ大理石の柱に囲まれて静かに鎮座《ちんざ》していた。

周囲では生徒たちがきらびやかな衣装《いしょう》に身を包み、談笑に興じている。一部のおそらく階級が高い生徒などは、テーブルと椅子《いす》を並べてお茶を楽しんでいる。これからここで何が起こるかを知っているはずなのに、まるでうららかな昼下がりのようにくつろいだ雰囲気《ふんいき》だ。

すでに闘技台の脇には、リカと青山が準備を整えて立っていた。リカが全身を包んでいる真紅のマントは、本番前に風を避けるためのものだろう。青山のほうは、いつものスワロウテールではなく、腕回りや足回りが布一枚で済む軽装だ。動きやすさのためといえばそうだが、厚い布で少しでも身を守ろうとするつもりがない、つまりそれだけ自信があるというあらわれでもあった。

「今度はヘマしないでよね。青山」

「は？」

「せっかく器用な執事《しつじ》が手に入ると思ったのに、おまえ使いものにならなくするんだもの」

「ああ。そうでした。すみません」

ツンとしたリカに対して、しかし青山はさほど悪びれているようでもなかった。口元にはかすかな笑みさえ浮かべている。

「ところで……リカ様は、あの柴田《しばた》のどこがお気に召したのですか？」

ちらりと目を向けたリカも、どこか無邪気《むじゃき》に薄く笑う。理人を従わせる自分の姿でも想像したのだろうか。

「そうねぇ。金バッヂも魅力だけど……やっぱりあのキレイな顔かしらね。フフ……」

「顔……ですか……」

反面、青山は自分の目が冷たい光を宿す瞬間を隠すように、わずかにうつむいた。

その光景を目の端に留めながらやきもきしているのは、ギャラリーの中の不二子《ふじこ》だった。執事の根津《ねづ》から時計を見せてもらい、口を曲げる。

「そろそろ10時よね……」

「遅《おそ》せーな、メイちゃんたち」

と、根津が隣にいる大門《だいもん》の脇腹をつつく。

「見えるか？」

「いえ……まだです」

長身の大門がギャラリーの頭越しに何度も闇の向こうを凝視《ぎょうし》するが、いまのところまだ目当ての人影はない。

「逃げたかもな」

「え、えぇ!? みるく様!!」

「……これでも期待してたんだがな」

みるくは少しつまらなそうに、袋のポテチをかじる。

クラスメイト達のなかでも、審判役の泉《いずみ》だけは、一団から外れた場所で、厳しい目つきでうつむいていた。時間を確認し、陰寮《オンブラ》の方向に目をやる。待っているような、しかしどこか来ることを望んでいないような、なんともいえない複雑な視線だった。

「泉さま……あの、このデュエロ……」

「木場《きば》」

背後からおずおずと話しかけてきた執事の木場の言葉を、泉はあえて遮《さえぎ》った。気のやさしい木場の言いたいことは、もうわかっている。このデュエロを止めたいのだ。

しかし、メイ側の理人《りひと》がこれを受けてしまっている限り、たとえ〝太陽《ソーレ》〟の身であっても、外からの力でこれを止めることはできないのだ。それがこの聖ルチア女学園という花園にある荊《いばら》のような鉄則なのだ。

泉は木場を見ないように背を向けたまま、ゆっくりと大きく呼吸した。

「木場はそこで、この私が……竜恩寺《りゅうおんじ》家の名に恥じない公正かつ冷静な審判を下せるよう、祈っていてくれ」

「……はい」

そのとき、ざわっ、と声の波が立った。

周囲の視線が集まる先に、メイと理人の姿がある。

「来たわ!!」

思わず立ち上がった不二子だったが、すぐにその表情を曇らせた。根津もあごの不精髭《ぶしょうひげ》をかきながら、顔をしかめている。

「おいおい……。これから戦うってツラじゃねーな」

メイの顔は、蒼白だった。月の光を受けて病的なほどに。

うしろに、黙ってつき従っている理人がいる。しかしメイは、その顔を見ることができなかった。

かしこまりました、そう言われた。決闘《デュエロ》を中止すると言った時だ。優秀な執事らしい、いつも通りの答えだった。

だが、そう答える前の一瞬、彼の目元がゆがんでいだ。悔《くや》しそうに、歯痒《はがゆ》そうに。

それから見ることができなかった。

「逃げたのかと思ったわ」

リカは自信たっぷりに笑っている。

カツン、と闘技台が鳴った。いつの間にかそこに立っていた泉が、十字架を模した審判の杖《つえ》の石づきで叩いたのだ。それを合図に、周囲の声がやむ。

「では両者、中央であいさつを」

すぐに感嘆《かんたん》の声が上がった。リカがマントを脱いだのだ。ほんのりと青みがかった透明感のあるドレスが、白い月に映《は》える。しかし驚くべきは、それらすべての印象を抑えつける、リカの美貌《びぼう》。どこか円熟した色香を感じさせるのは、レディとして完成された立ち居振る舞いのなせる業《わざ》なのだろう。

それに比べて、メイのほうは対照的だった。自信のないチビな幼児体型を、もわっとした服で隠している。なんとか人目に堪《た》えるかわいいものを自分で選んだつもりだが、白と濃紺《のうこん》の色づかいが極端すぎて、地味なうえに野暮《やぼ》ったかった。周囲からはクスクスと笑い声が聞こえる

ぐほっ♥

ほどだ。

　メイと理人、リカと青山が、闘技台の真ん中で向かい合う。

　ちらりと泉の顔を見てから、メイが言った。

「あの……実は……」

「なぁーに？　その服」

　呆《あき》れたようなリカの声に遮《さえぎ》られる。自信に満ちたリカと、目が合った。

「デュエロの参加は正装が基本よ。うどんでもこねる気？」

「……」

　周囲からの嘲笑《ちょうしょう》が大きくなる。

　しかし、今は何を言われてもいい。自分が笑われても理人の身が守れるならそれでいい。そうメイは考えていた。

　しかし。

「あら、それとも……怖くなったのかしら？」

　ぴくり、と肩が上がった。リカの視線が、うしろの理人に向けられているのだ。理人がどんな顔をしているかはわからないが、おそらく彼のことだから、じっと目を閉じて聞いているだけだろう。リカは満足げに、彼の姿を上下に視線でなめまわした。

　そのうしろからは青山《あおやま》が、挑発的な笑みで鼻を鳴らす。

「自信を持ってデュエロに臨《のぞ》めないなんて、意外とあの執事、見かけ倒しかもしれませんよ」

「まぁ。だったら私、そんなのいらないかも……。あ、でもトイレそうじくらいはできるかしらね。便器をなめるくらいできるでしょ」

自分のウェーブ頭を指でねじりながら、青山は勝ち誇ったように言い放った。

「髪型なんか変えちゃって。フフフ。見た目ばっかりつくろったって、ボクには勝てないからな!!」

「**……だまれ。このモジャ毛**」

地の底から這《は》い上がるような声が、空気を揺らす。

「モジャ…？」

声の主を探した青山の視線が、目の前に立つメイにとまる。かなりドスはきいていたが、たしかにメイの声だった。まさかあの気弱そうな少女が……と頭を整理する間もなく、青山の鼻先にビッと指が突きつけられた。

勢いよく顔をあげたメイは、今にも飛びかからんばかりの目つきで、叫んだ。

「**あんたみたいなモジャ頭に理人さんが負けるわけねぇだろっ!!　今日からうちでモップにするから覚悟しろよ!!**」

しーんと周囲が静まり返った。

リカも青山も、笑っていたギャラリーたちも、あっけにとられて固まっている。

すぐに頭は切り替わり、『しまった！』の文字で脳が埋め尽くされた。慌《あわ》てて振り返ると、理人もあっけにとられている。いや、誰あろう理人こそが、あのメイの感情的な怒りの姿に、最も驚いているのかもしれない。

くす、と理人が笑った。目が合ったメイに、こくりと小さくうなずく。

もう後には引けない。

メイは、ほとんどやけくそになって胸を張り、リカと青山を睨《にら》みつけた。

「理人さんっ。てってー的にヤっちまってっ!!」

不敵に、そしてどこか満足げに笑った理人が、うやうやしく片膝《かたひざ》をつく。

「仰《おお》せのままに。我がお嬢様《じょうさま》」

3 愛 ひとつの形

「いよいよ始まるわね。あーワクワクするわー♥」

広いバルコニーでオペラグラスをのぞきながら、シスター・ローズはくすりと笑みをこぼした。いつもの威厳《いげん》のある顔からは想像もつかない、新しいおもちゃを手に入れた無邪気《むじゃき》な子どものような目をしている。

そこへ、執事《しつじ》の桜庭《さくらば》がシャンパンを運んできた。

「前回のデュエロも華山《かやま》様でしたね」

「何回目だっけ。好きだねぇ、あの子も」

と、オペラグラスを置き、桜庭が注いでくれたグラスをかたむける。泡立《あわだ》つゴールドの液体を喉《のど》に流し、気持ち良さそうに目を細めた。

その表情をちらりと見て、桜庭はたずねた。

「でも……お止めにならなくてよろしいのですか？　デュエロは校則では禁止されておりますが……」

「固いこと言うな。乙女《おとめ》どもの数少ない楽しみなんだから」

「……女性は残酷《ざんこく》ですね」

最近のシスター・ローズは、デュエロを楽しみにしているふしさえある。この閉鎖《へいさ》された空間での楽しみといえば、たしかにこれくらいしかないのだが。

「どっちが勝つか賭《か》けるかい？」

「やめておきます。ローズ様は賭け事がお強いですから。……っと、今の発言は問題でしたね」

「ははは。ま、今回は同じほうに賭けそうだから、意味ないけどねー」

「そうですか」

「本当におもしろいのは、このデュエロが終わってからかもしれないけどね。それも楽しみだろ？」

「……お答えいたしかねます」

「固いねえ」

愉快そうに笑って、シスター・ローズはシャンパンを飲みほした。

二杯目を注いでもらいながら、こうつぶやく。

「楽しみじゃないか。ふふ。デュエロが終わってから、あの子がどう動くか……」

リカが青山《あおやま》の背中に言う。

「絶対勝つのよ。私のために」

「はっ」

こちらの陣営は、自信がみなぎっていた。負けるなどとは欠片《かけら》も思っていないのだろう。

それにくらべて、メイは言葉を失っていた。青山が抜いた真剣の鈍い光に、圧倒されてしまったのだ。

(あんなものが、もし理人さんに刺さったら……)

やはり止めるべきだったか。メイは理人の肩に手を伸ばしかけた。

しかし。

「メイ様」

その逡巡《しゅんじゅん》をさえぎるかのように、理人が振り返ってこう言う。

「執事どもはこの場合、『がんばれ』と言われるほうがグッとくるんですよ」

「あ……」

そうだ。この微笑《ほほえ》みだ。自分の迷いのせいで、これを再び雲らせたくない。

「がんばれ……。がんばって理人さん!!」

「はっ」

ひらりと背を向け、理人は鞘《さや》を投げ捨てた。

闘技台の中央で、理人と青山が開始前のあいさつとして剣を打ち交わした。

そのときになってようやく、青山は気づいた。理人の顔つきが、いつもの執事のそれではなくなっていることに。

この顔と同じ感じを、青山はいつも見ていた。そう、自分の仕えるリカがたまに見せる、手頃な獲物《えもの》を見つけたときの愉悦《ゆえつ》の目だ。

「おまえはオレの弟に、少し似てる」

その顔を近づけた理人が、青山の耳元でささやいた。

「子供の頃はさぞかし可愛《かわい》がられただろう？　少しナマイキなところも愛されるポイントだ」

「な……？」

突然のことに驚く暇もない。理人は試合が待ちきれないように、素早く体を離して剣を構えた。離れ際にこんな言葉を残して。

「だからか？　……無性《むしょう》にいたぶりたくなる」

「**うっ……うわあああぁぁぁぁ**」

メイには、速すぎてすべてを目で追うことができなかった。

勝負は、すぐについた。

試合を見ている間、ただただあっけにとられるばかりのメイに、タミーの執事の神崎《かんざき》が解説してくれていた。

「勝敗を左右するのは、真剣という点ですな。フェンシングは、スポーツです。そのチャンピオンである青山は、フェンシングというルールの中でなら最強だ。しかし、スポーツと実戦では、攻撃する箇所《かしょ》も守る箇所もまるで違う。これまでは差のある相手だったためどうとでも勝てたでしょうが、実力の拮抗《きっこう》している相手には通じない」

「で、でも、神崎さん、あのとき……」

「私は、青山は強い、とは申しましたが、柴田《しばた》くんが勝てない、とは一言も申してませんよ？」

「**ええーっ!?**」

そうなのだ。

試合は、一方的だった。

理人の圧勝である。

「そこまで……!!　もう許してやってくれ」

泉が、理人の剣を、十字架の杖《つえ》で止めた。

ふう、と肩の力を抜いて、彼は構えを解く。

闘技台にうつぶせで倒れ伏している青山は、服こそボロボロに切り刻まれているが、体のほうに大きな傷はなかった。理人なりに手加減をした結果だろうが、それも両者の実力差を如実《にょじつ》に物語っていた。

剣を納めた理人《りひと》の背中に、ぽすん、と軽い衝撃があった。ぬくもりの高さで身長がわかる。

抱きついているのは、涙もろいお嬢様だ。

「**よ……よかったぁ……リヒトひゃん……よがっだよぉ〜〜〜〜〜〜〜っっ!!**」

「……私もですよ」

くるりと振り返った理人は、片膝をついた。

「これでまたしばらく、メイ様の執事でいられますね」

「はいっ!!」

満面の笑みで、涙もひっこんだ。

しかし、対照的だったのは、対戦相手のほうだ。

「う……」

立ち上がれない青山が、なんとか首だけ持ち上げる。

「リ…リカ様……申し訳…あり…ません……」

「いいのよ。そんな謝らなくたって」

闘技台にもあがらず、手を差し伸べることもせず、リカはただ憐《あわれ》みの笑みを青山に投げた。

「私の願いをかなえない執事なんて、もう私の執事じゃないいんだもの」

「リ、リカ様……っ」

背を向けて去っていくリカが、振り返ることはなかった。

「おまち下さい……リカ様……!! リ…カ……さ……」

必死に伸ばした青山の手が、虚空《こくう》を摑《つか》んで無念そうに闘技台を叩いた。

ギャラリーの誰かが言う。

「かわいそうに。青山くん、捨てられちゃったね……」

「捨てる!?」

思わずメイは反応してしまった。この学園ではそんなことが許されるのか。自分の執事をそんな、犬でも捨てるように。

「では、青山は東雲《しののめ》さんの第2執事ということでいいね？」

「ええ!?」

泉《いずみ》の言葉に、さらに大きく反応する。

そういえばそんな条件を提示されていた。

「こ、困ります、あたし……。ウチには理人さんがいるし……」

「そう……。じゃあしょうがない。他に新しい主人を探そう。木場《きば》、手続きを」

「えっ」

新しい主人。それこそ捨て犬だ。四国での小学校時代に、クラスで拾って育てた子犬を段ボール箱に入れて、引き取り先を探したのを思い出してしまった。

「あ、あの、もし里親さんが見つからなかったら……？」

「さ、里親？　まあ……その時はもちろん…処分…かな」

「しょ、処分ーっ!?」


「……だからといってですね、なにも当家で引き取ることはないのでは……？」

その夜は、めずらしく理人の不満からはじまった。

いつもの部屋に、執事《しつじ》が二人。なかでも新入りが一番の不満顔だったが。

「だって……」

「フン。だれが好きこのんでこんな小汚い部屋のチンクシャの世話なんか……」

「だまれ。この捨て執事」

青山の悪態を、理人が切って捨てた。何も言い返せず、青山はがっくりと肩を落とす。それをメイがとりなしているのだから、これではお嬢様と執事の立場が逆である。

しかしメイにはどうにも許せなかった。リカが自分の執事をあっさりと捨てたこと。それは就寝《しゅうしん》のベッドの中まで続いた。

(信じらんないっ。あたしだったら絶対に理人さんを……っ。……理人さんのことを……)

ふいに理人の顔が浮かぶ。

世界一のお嬢様になる、などと勢いで口走ってしまったが、この学園に来てから、それが果てしなく遠い道のりなのだということを思い知った。決闘《デュエロ》だってものともしない、誰もが一目置くあんなに優秀なS級の執事なのに、仕えてもらっているお嬢様のほうがまるでふさわしくない。分不相応《ぶんふそうおう》。笑われて当然だ。

手放したくはない。傷ついてほしくもない。そんな大切な存在。なのに、こんな出来の悪い自分がそのお嬢様でいいのだろうか。もっと気品も美貌《びぼう》もある、ふさわしい人がいるのではないか。

(はぁ……なんか眠れないな……)

むくっと起き上がり、窓際にあるテーブルの上の水差しに手を伸ばそうとした。

「ん?」

窓の外に、人影がある。木陰に隠れるようにうずくまっている。

(あれって……)

メイは階段をおり、ドアから素早い忍び足で人影に近づいた。泥棒にでもなった気分だ。

そこには、地べたに座り込んで、じっと膝を抱えている青山の姿があったのだ。しかも、はっと顔を起こした彼の目は、潤《うる》みをたたえていた。

かさっ、と草を踏んで、音をたててしまった。青山と目が合う。

「な、何の用ですか……」

慌《あわ》てて顔をそむけ、目元をこすりながら青山は立ち上がった。

捨てられた犬のようだとは思ったが、犬よりも表情がわかるだけに、メイは心が痛んだ。たとえさっきまで相容《あいい》れない敵だったとしても、こんな姿は見るに堪《た》えない。

「……ひどいよね」

つい、言葉がもれてしまった。

「デュエロに負けたくらいで、こんなあっさり自分の執事捨てるなんてさ……。まるでモノ扱いじゃん!!　あんたもあんな奴からさっさと切れてよかったよ……」

「おまえにリカ様の何がわかる!!」

びくっとメイの肩が上がった。青山の目は、デュエロのときでさえここまで真剣ではなかった。

「ご……ごめんなさい……」

しかし青山はすぐに、悔《く》いるように口をつぐんだ。沈んでしまったメイの顔から、視線が逃げている。

「……わかってるさ……」

その声が、湿《しめ》っている。胸に滞《とどこお》っていた言葉を、ぎゅっと絞《しぼ》り出すかのようだ。

「リカ様にとって、ボクなんかただの持ち駒《ごま》のひとつにすぎないって……。ボクがいなくなってもいくらでも新しい奴がやってくる……。それでも……」

ぽた、ぽた、と青山の磨《みが》かれた革靴《かわぐつ》に水滴が落ちた。

「それでも……ボクにとってのお嬢様は、あの人以外ないんだ……——」

歯ぎしりがここまで聞こえてきそうだ。嗚咽《おえつ》まじりのその声が、あの強気だった青山の口からもれているのだということで、想いの深さがわかる。

好き、なのだ。

本気で。リカのことが。

神崎が言っていた、デュエロの相手の最も自慢とするところを狙うという青山の習性。その理由がいま、よくわかる。

やりかたは間違っているかもしれない。しかしそうやって他の執事を近寄らせないようにして……身分違いの届かない恋を、守ってきたのだ。

メイは、心に湧き上がってくるせつなさと温かさを、なんとかすべて包めるように、口を大きく横に開いて笑った。

「……大丈夫《だいじょうぶ》。きっと届くよ」

「……」

「きっとね……」

うつむいて黙り込んでしまった青山に、メイはそれ以上何か言うことはしなかった。ただもう一度、にっこりと微笑《ほほえ》みを残して、そっとその場を去った。

さっきの道筋を忍び足で駆け戻り、寮の入り口を開けようと手をかける。

すると、背後から聞き慣れた声がかかった。

「青山を華山様のもとへ帰すおつもりですね？」

「え、あ、り、理人さん」

どうやら見られていたようだ。彼を相手にこっそりと部屋を抜け出せるはずがなかった。

「メイ様。あちらはあちらの事情なのですから、なにもメイ様が手をかけて差し上げる必要はないと思うのですが……」

それはもっともだった。その場で見たものによってすぐに行動を決めてしまうのは、理人をいたずらに心配させてしまうのかもしれない。

しかし、それでも。

もう、できない。放っておくことは。

「だって……もう見ちゃいましたから……」

さっきの青山の顔が、まだ印象強く残っている。

せつなさを思い出して、メイは胸に手を添えた。

「ダメ……ですか？」

そんなメイの顔をじっと見て、理人はなにやら一瞬考えてから、いつもとは違うおだやかな微笑みを見せた。首を小さく横に振っている。

「しかし、うまくいくでしょうか。華山様は気の強い方ですからね」

「あ、それは大丈夫《だいじょうぶ》ですよ！」

急に、妙に自信満々な顔をするメイに、理人はぱちくりとまばたきする。

「あの人きっと、あたしと同じなんです」

「同じ……ですか？」

「明日の朝の風景が目に浮かぶなぁ～。あはは」

「？」


翌朝、〝月《ルナ》〟寮《りょう》、リカの部屋。

嘆《なげ》きの声が、早朝からずっと続いていた。

「……もうイヤ……」

まくらに顔をうずめたリカが、足をパタパタさせて身もだえている。

「青山のバカ……。なに負けてんのよぉ……」

その髪はくしゃくしゃ。ボタンはかけちがい。リボンはタテむすび。さらにベッドの上には、テキトーに引っ張り出してかじったビスケットがそのまま放置。なんにもできていない。なんにも。

「……申し訳ありませんでした」

「!?」

聞き覚えのある声に、リカはがばっと顔をあげた。

ベッドの脇に、悲しそうな、申し訳なさそうな顔で、青山が立っていた。その目の下には、濃いクマが浮き出ている。

「な……なんでおまえがここに……!?」

起きあがったリカに、青山は一枚の封筒を差し出した。

「東雲様から、これを……」

きちんとロウで封をされた手紙だ。施《ほどこ》したのは理人だろう。

リカが自分で開けられないことをわかっている青山は、黙ってそれを開封して渡した。

リカへ
やほー元気?　きのうはどーもー♥
あのさー、青山のことなんだけどー、やっぱ返すわ。
ほらウチってせまいじゃん。ジャマなんだよね、執事2人も。
つーか理人さんとの生活をジャマされたくないってゆーか♥
まあ、タダってのも何なんで、私もランクアップしたいしー、ルチア5個とトレードってての

はどうよ。

じゃーまた教室で♥♥

メイより

読みながらリカの手がわなわなと震えている。

青山も、こんな内容だとは知らなかったのだ。何のフォローも前置きもなく渡してしまったことを悔いた。

「ふざけてるわ!!」

「リ、リカ様……」

激昂《げっこう》したリカをなだめようと青山が手を伸ばした、そのとき。

「ルチア5個とトレードって……おまえにはそれだけの価値しかないっていうわけ!? 失礼なっ!!」

「………リカ様？」

皮膚《ひふ》の薄い眉間《みけん》にくっきりとシワを寄せて、リカはベッドに腰かけたまま、じっと床の一点を見つめている。

その言葉の真意をはかりあぐねて、青山は黙ってしまった。次の言葉を待つように、しばらく沈黙が続く。

リカはくしゃくしゃの髪の毛先をくるくると指に巻きつけたりしていたが、もう待つことができなくなったように、ふてくされた調子で声を発した。

「何ボーッとしてんのよ。早くなんとかしなさいよコレ!!　私を遅刻させる気？」

「は、はいっ。では10分でセットいたします……!!」

思わず答えてしまった青山に、リカは目を合わせないまま言った。

「……5分よ!!」

ゆっくりと、青山の顔に笑みが戻る。あの不敵な、不遜《ふそん》な、しかしどこか安心したような、静かな笑みが。

「おまかせを。リカお嬢様《じょうさま》……」

◆　◆　◆

学園の敷地のなかでも、小高い丘の上に〝太陽《ソーレ》〟寮はあった。他の寮よりもひときわ美しく、ひときわ豪奢《ごうしゃ》で、まぶしいほどに白い壁と大きな窓が、近くの泉から反射してくるきらめきを受けて輝いている。

しかし、そのなかにある会合の場は、いつも電気が消されていて薄暗かった。まるで太陽という大きな光の裏にできる、影のように。

「グッ……ウアッ……」

苦悶《くもん》の声が、室内に一定の間隔《かんかく》で響く。

今日もお嬢様方は、『執事遊び』でお愉《たの》しみのようだ。裸で壁に張り付けられた執事の前で、ダーツの矢を片手に、数人がきゃっきゃとはしゃいでいる。

それとは別の、長いテーブルにそのまま腰かけた女子生徒が、言う。

「……で、なぜ東雲《しののめ》メイを勝たせたの？」

テーブルにずらりと並ぶ女子生徒たちが、報告書を読み上げるひとりの凜《りん》とした生徒に向かって、冷ややかな視線を浴びせている。ここを取り仕切っている、テーブルに座った黒髪の6年生が、特に強く非難の目を向けていた。朝日を背にして影に隠れている口から、言葉を投げつける。

「答えなさい、竜恩《りゅうおん》寺泉《じいずみ》」

凜と立つ生徒は、メイの同級生の泉だった。

泉は、一人つるしあげられているこの状況にあってもなお、怖《お》じけるそぶりもなく前を見据《みす》えている。

黒髪の生徒が、『執事遊び』の一団に言葉を投げた。

「あなたたち、ダーツもいいけど、やりすぎて『的《まと》』を壊さないでよね」

「だぁーってぇ、『馬』で遊ぶのも飽《あ》きたんですものー。きゃーっ、やったわ、命中よっ！

ほら見て、１００点に刺さったわ！」

「まったく……。役に立たなくなったら引き取りなさいよね」

苦悶と笑い声が飛び交う中で、その生徒は再び泉をにらんだ。

「この前のお茶会でそう伝えたわよね、泉。せっかくのいいチャンスだったのに」

「しかし、昨夜のデュエロ、東雲側には何の落ち度も無く、あの場で彼女を負けとするのは私としては……」

するとと、その言葉をたたみかけてつぶそうとするかのように、列のあちこちから声が飛んでくる。

「時間に遅れたといって不戦敗にしてしまえばよかったじゃない。よくある話でしょう？」

「東雲側の執事は、フェンシングとしてはやや型がちがっていたわ。ルール違反として失格にする方法もあったはずよ」

「そもそもあれだけ一方的な展開になるのは、きっと何か東雲側が工作をしたに違いないわ」

「そうね。今からでも出頭命令を出して、応じなければ勝利者権利をはく奪してしまえば……」

バサッ、と風が起こった。

泉が、手に持っていた報告書を勢いよく振り下ろしたのだ。

「お言葉ですがお姉様方」

強く、まっすぐに響く泉の声に、誰もが思わず言葉をのんだ。

「デュエロとは、この聖ルチアの生徒に唯一許されている自由にして、絶対的な権利。それは長き伝統によって造りあげられた不文律《ふぶんりつ》。それをいまになって覆《くつがえ》すことは、歴史に牙をむくのも同義です。それをする覚悟が、お姉様方には、おありなのですね？」

室内が、急に静まり返る。

太古《たいこ》の昔より「政《まつりごと》の裏に竜恩寺あり」と言われ、国の行く末に重要な進言をしてきた。それらは竜の化身《けしん》といわれるほど神がかっていたという。その一族の後継者としての自負なのだろうか。竜の両眼は、照りつけてくる陽光にすら立ち向かっていかんばかりの強さを宿していた。

完全に気圧《けお》されてしまった他の生徒たちのなかで、黒髪の生徒がなんとか口を開いた。

「で、でも、〝太陽《ソーレ》〟の決定を無視したおまえには、問題があります。か、覚悟はできてるわね、泉……」

くっ、と泉が目つきを鋭くする。

そのとき、カツ、と靴音《くつおと》が入り込んできた。

「お待ちください」

「!?」

その場の空気が一変する。

現れたのは、ひとりの執事だった。

彼が纏《まと》っている、甘く妖《あや》しい香りに、部屋が満たされる。

「竜恩寺様はまだお若く、しかも大変優秀でいらっしゃる。そのような学園の宝を失うことを、ルチア様は望まれません」

列の誰もが立ち上がり、口々にその名を呼んだ。

「忍様《しのぶ》……!!」

「忍様っ!!」

「なんてうるわしい……」

忍。その男は、すべてが異様だった。

見たところは日本人のようなのだが、もとからそうだったとしか思えない、透き通った金髪。そして色の深い碧眼《へきがん》。声には微妙な振動のようなものがあり、すっと耳に入っていつまでも残るような……。そして、その全身を、真っ白なスワロウテールで包んでいる。

「勝手に入りまして、申し訳ありません」

「とんでもないっ!!　忍様でしたらいつでも……」

中心にいた6年生たちが近寄って対応しているが、頬を赤らめ、緊張で手も震えている。そうさせるほどの優雅さが、彼にはあった。

「し、忍様。それはそうと、ルチア様のお加減は？」

「はい。おかげ様で大変お元気で……――」

と、忍は長いまつげを伏せた。

「ただ、東雲メイのことで、少し……」

それを聞いた誰もが、顔をしかめたり胸を押さえたり、自分のことのように嘆《なげ》いた。

ただ一人を除いて。

「ルチア様と東雲メイは、どういったご関係なのですか」

「泉…!! 立ち入った事ですよ!!」

周囲が慌《あわ》てるのも構わず、泉は忍に強い視線を向ける。

しかし忍は目を閉じ、こう言った。

「いえ……。そろそろお話ししなくてはと思っておりました……」

悲痛な面持ちで語る。その姿に周囲が黙り込んだ。

「ルチア様が本郷《ほんごう》家の正統なお世継《よつ》ぎでいらっしゃることは、皆様ご承知のこと。東雲メイは、ルチア様を亡《な》き者にし、本郷家の財産と権力を我が物にしようとしているのです」

「あの東雲さんが……? まさか……」

異論を唱えようとしたのは、泉だけだ。しかしそれを押しとどめるかのように、忍が言葉を重ねる。

「ルチア様は大変お心を痛めてらっしゃいます。ご自分のお立場云々《うんぬん》よりも……せっかく築き

ワッ

あげた、皆様と本郷家の絆《きずな》が絶たれてしまことを……」

どろり、と空気が濁《にご》った。

そう感じたのは、やはり泉だけかもしれない。

「……それは、私たちも同じ気持ちですわ……」

答える〝太陽《ソーレ》〟の生徒たち。その表情は、どこか卑屈《ひくつ》だった。

卑屈で、狡猾《こうかつ》なようでいて、愚昧《ぐまい》極まりない、お嬢様としてではなくヒトとしての品《ひん》のかけらもない、そんな笑みに、泉には見えた。

この学園を卒業し、社交界に身を置く際、本郷家というビッグネームとわずかでもつながりがあるというのは大きな武器となり看板となる。たとえ表向きには何もないにしても、裏でいろいろと便宜《べんぎ》を図ってもらえるかもしれない。そういう浅はかで狡《ずる》い考えに、皆が病魔のように侵《おか》されているのだ。

この光景がかもし出す、重い粘質《ねんしつ》な空気に、泉は、顔をしかめて舌打ちをしてしまいそうだった。

ここには太陽などない。湿《しめ》った土の中で蠢《うごめ》く醜悪《しゅうあく》な蟲《むし》が、命あふれる花の根や茎《くき》を食い荒らしているだけだ。

「ありがとうございます。きっとルチア様もお喜びになるでしょう」

うやうやしく礼を述べる忍の清廉《せいれん》な笑顔から、しかし泉は目をそらした。

「それでは、ルチア様からのメッセージをお伝えします」

周囲を見渡しながら忍が伝えたのは、たったこれだけだ。

「『東雲メイを、監視《かんし》すること』」

皆が何の疑いもなくうなずく。

泉は最後にどうしても忍の表情を確認したかった。

「監視……ですか？」

「はい。何か変わったことがありましたら、すぐ私にお知らせください」

しかし少しも笑顔を崩《くず》さないまま、白い執事《しつじ》はドアを抜けて去っていった。

ほんのりと残った香りが、泉の鼻につく。香りも、笑顔も、あの白さも、本来あるはずの太陽の光をかき消しているようにしか思えなかった。

この空気から逃れるように、泉はいち早く部屋を出た。

部屋の外では、各々《おのおの》の執事たちが待機している。そのなかから、木場《きば》が小走りで近付いてきた。

「待たせたな、木場」

「い、泉さま〜、お待ちしてましたー。〝太陽《ソーレ》〟寮ってなんか緊張するんですよぉ。早く2年生のみんなのところに帰りましょう」

泣きそうな顔の木場を見て、泉はようやく肩の力が抜けた。意識せず、フッ、と微笑《ほほえ》みがもれてしまう。

「……泉さま？」

「なんでもない。木場、帰ろう」

「あ、はいっ」

気持ち足取りも軽く、絨毯《じゅうたん》敷きの長い廊下《ろうか》を歩く。あの部屋を出ると、窓からの陽光もそのまま感じることができた。

思い出したように、興奮気味の木場が言う。

「あっ、泉様!! そういえば、いま忍《しのぶ》様がお部屋から……」

「うん。また例によってルチア様の代理ってやつだよ」

あの部屋で見せた顔を、木場には見せたくなかった。だから何気ない口調で返した。

素直な笑顔で、忍の姿でも思い出しているのか、木場はにこにこと笑っている。泉はつられるように、笑みをこぼしてしまった。

「……ふふ…」

「どうされました？」

「いや、同じ執事なのに〝様〟付けとは変な話だと思ってね」

「しょーがないですよ。あの美しさですからねー。男のボクだってドキッとしちゃいますもん……」

「フーン。そうなんだ」

「はいっ。白いスーツがお似合いです」

そこまで言って、ふと木場の表情が沈んだことを、泉は見逃さなかった。

「どうした？」

「ボクには、あんなふうにはとてもなれません……。この間のデュエロの理人《りひと》君だって、強くて気品があって、さすがS級というか……」

それを聞き、こんどはつられてではなく自分の意思で、泉は笑みをこぼした。足を止め、しっかりと木場の顔を見て、言う。

「完璧《かんぺき》なばかりが執事の価値じゃないよ、木場」

「……？」

声に、いつもより温かみがあった。常に張りめぐらせていなければならない緊張の糸が今だけは解けている、という感じだ。

よく意味のわからなかった木場だが、泉に応えるように笑顔になって、「はいっ」と返した。

ひとつうなずいて泉はふたたび歩きだした。そして、ふと、窓から見える太陽を見上げ、つぶやく。

「学園を支配する聖女『ルチア』。そしてその執事『忍』……。彼は本当にルチア様の〝代理〟

なのだろうか……」

4　荊《いばら》

「まいどぉ〜〜〜〜〜〜〜♥」

自分のベルにほおずりをしながら、メイは満面の笑みで踊っていた。

「フン」

と鼻を鳴らしたリカは、窓際に立って顔をしかめている。

ここは〝月《ルナ》〟寮《りょう》のなかの、リカの部屋。

約束通り、光《ルチア》を5個譲《ゆず》り受けたところだ。

メイは、窓から射し込む陽光にベルの〝光《ルチア》〟を透かし、その向こうに理人《りひと》の顔を思い浮かべた。

（これであと4個で星《ステラ》に上がれて……そしたらそしたら、理人さんに上着を着せてあげられる〜〜〜〜〜〜〜っっ!!）

にやにやが止まらない。夢見心地《ごこち》でベルをしまう。

しかし、リカの表情は対照的だった。しかもその理由は、デュエロや〝光《ルチア》〟とは関係ない

らしい。

「なによ、そんなもの……。あたしにはもうどーでもいいことだし……」

どこか憂《うれ》えた目だ。あの気の強かった眼差《まなざ》しと同じものだとは思えないほどに。

「……どーでもいいって？」

「あんたには……関係ないわよ」

リカはメイの気遣《きづか》わしげな視線を避けるように、窓際からソファーに移動した。細いがピンと伸びていた背中も、心なしか丸まっているような気がする。

「リカ……」

メイは相変わらずツンツンしたリカの顔をじっと見て、ふと思い立って忍び足でその背後にまわった。そして思いきりリカの脇腹を摑《つか》み、わちゃわちゃとめったやたらにくすぐる。

「きゃ〜〜〜〜〜〜〜〜〜〜〜〜〜つ！　わひゃひゃひゃひゃひゃひゃ！　あーついひひひひゃひゃひゃ！」

「話す？」

「話すっ。話すからやめへえ〜つつ!!」

「はいやめた。さあ話して」

「な、なにこの子……。今までに出会わなかったタイプだわ……」

リカがゼイゼイと乱れた息を整えるのを待ってから、メイはもう一度きちんとたずねた。

「どうしてこの大事な〝光《ルチア》〟がどーでもいいの？」

「……」

リカの横顔の、目が伏せられた。一度きゅっと唇を噛《か》んでから、ためらいがちに口を開いたのが、メイには見えてしまった。

「私、結婚するの。3年生が終わったら、親の決めた相手と」

感情のない、いや、無理に押し殺した、抑揚《よくよう》のない言い方だった。

「結婚……て…そんな……」

メイは驚きながらも、リカの真正面に割り込んで、強引に視界に入った。

「そ、そんなのヤダって言っちゃえばいーじゃないっ!!」

するとリカは、今度はメイの瞳に焦点を合わせ、しっかりと顔を向けてきた。

「私の顔…どこかで見たことない？」

「え……？」

そうだ。前から気になっていた。どこかで見た顔だと思ったら、テレビ画面で似た顔を観たことがあるのだ。たしかこんどハリウッド映画にも出演が決まっているという、美貌《びぼう》も兼ね備えた演技派として知られる有名な映画女優だ。

だが、年齢が違う。同一人物のわけがない。なにしろあっちはもうリカの母親といっても不思議はないような年齢……。

「え……？　まさか、リカって……。えーっ、すごーい!!　リカってリカって……あれ？　でもあの人、結婚してたっけ……？」

「あの女がまだかけ出しのアイドルだった頃、パトロンだったのが私の父。そしてデキちゃったのが、この私……。父は……いわゆるやんごとなき一族の出でね。まぁ私は生まれちゃいけない子だったわけ。だから母親そっくりのこの顔が世間に出る前に、私はどこかアラブの石油王のところとかに嫁《よめ》に行かされるの……」

質問する隙《すき》を与えないかのように、ひといきにリカは言いきった。そして、大きく口を開けて笑う。

「でも考えてみてよ。まさにゼータクしほうだい!!　いい人生だと思わない？　アハハハハ」

わかっている。外部の人間がどうこう言える問題じゃない。だけど、どうしても、メイはこれだけは聞いておきたかった。

「そのこと……青山は知ってるの？」

瞬間、ぐわっとリカの顔が変わった。目を見開き、裏返るほどに声を荒げる。

「なんでそこで青山が出てくるのよ!!」

メイは押し出されるようにドアへ運ばれた。

「バカなこと言ってないで、光《ルチア》あげたんだからさっさと出てって!!　出てってってよ!!」

何も言えなかった。ただ黙って、震えるリカの背中に視線で謝る。

〝月《ルナ》〟寮からの足取りは、重かった。

ある意味、自分の身にふりかかることのほうがまだ普通に悩んだり落ち込んだりできた。あんなにも美しくて、気品のある、それこそどんな男も思うがままにできそうなあのリカでさえ、生まれた時からその全身を鎖で縛《しば》られているのだ。食いこんで逃れられない、荊《いばら》のような鎖に。

さっきリカはああ言ったが、あの態度の豹変《ひょうへん》は、きっと、青山のことを……。好きな人のそばにいることもできず、好きな人を好きということもできず、好きと言ってもらうことさえも許されない。そんな悲しいことがあるだろうか。

しかも、3年生が終わったらというと、あと一年ちょっとしかない。

(お嬢様って……哀しい……)

鬱々《うつうつ》とした気分をもてあまし、メイは周りを見ることも忘れてとぼとぼと歩いた。

しかし、すっかり忘れていた。この学園の敷地が異様なまでに広大であることを。気がついた時には、もう遅かった。

「……あれ？　ここどこ……？」

〝陰《オンブラ》〟寮に帰ろうと思っていたのに、まったく見たことのない景色の中に立っている。駆け足で進んだが、なかなか林が終わらない。

「せめて案内板立ててくれー」

ぼやいてみても、そんなものがあるわけもなく、ただやみくもに前へ進むしかなかった。さいわい、前方に少しひらけたところが見える。あそこまで行けば、何かしらあるだろう。

「ハァ……ハァ……ここは……」

ようやく目当ての場所までたどりついたものの、そこには見たことのない建物がひっそりとたたずんでいた。

「これ……温室……？」

外観は寮や教会と同じゴシック調のようだが、丸みを帯びた屋根は全面がガラス張りで、窓も大きくて数が多い。採光とデザインをどちらも兼ね備えた造りだ。

「すごい……宝石箱みたい……」

思わず声が出た。

と同時に、吸い寄せられるようにその建物へと歩を進めていた。

(あれが入口？　中に入れるのかな……。あっ、開いた!!)

ガラス張りのドアが、かちゃりと開く。見た目よりも軽く、音もない。

中に留まっていたのであろう暖かい空気が、ふわりとふりかかってくる。普通は冷たい外気のほうが勝ちそうなのだが、そういうところも含めて、この温室はなんだかちょっと特殊な雰《ふん》囲気《いき》があった。

「きれい……」

見渡す限り、花が咲いている。

競うように、とよく言うが、ここの花々はちょっとちがう。皆が肩を並べ、そろって咲いているような印象だ。

まるで、もっと奥に咲いている大きな花を、力を合わせて隠すかのように……。

（え……）

その光景に、目を疑った。

この世ではない別のところへ迷い込んだかと思った。

天国があるのなら、きっとこういうところなのだろう。

色とりどりの花、それもある。しかしもっとも目を奪われたのは、その中央。

そこには、天使がいた。

いや、そう見紛《みまが》うほどの、光を纏《まと》った少女がいた。柔らかそうな髪や白いふわりとした服が、窓から射し込む陽に透けて、きらきら輝いている。

車いすに乗ったまま、差し出した手に小鳥がとまる。その腕の細さ、白さ、しなやかさ。そしてやわらかな風のような動き。遠目からでも、メイを魅了《みりょう》するには充分だった。

場所も時間も忘れたように、メイはふらりと歩を進めてしまった。

足もとへの注意がおろそかになっていたことに、気づいた時にはもう遅い。

「あっ!!」

くんっ、と片足が引っ張られた。地を走っていたツタに引っ掛かったのだ。派手に転んだわけではないが、ばたんと膝《ひざ》をつき、手をついてしまったときに、指先に痛みが走った。そこにあった荊《いばら》が、指に刺さってしまったのだ。

「!?」

光の中にいた少女が、ハッと驚いてこちらを見る。

羽音をたてて、小鳥が飛び去った。

「イタタ……なんでこんなところにツタが……」

メイが体を起こすと、車椅子《くるまいす》が目の前に移動していた。

「……あの……おケガは？」

声に、顔をあげる。

（わぁ……）

近くで見て、あらためてメイは見とれた。

（か…かわいい――っっ!!）

この学園に来て、世に美人だと言われるような人は何人も見た。泉《いずみ》や、リカや、不二子《ふじこ》など、それぞれの存在感と美しさを持っていた。しかしこの少女の美しさは、それらのどれとも別モノだった。泉たちの美しさは、人間が内や外から放つ、あくまで個人の美しさだ。しかしこの少女は、周囲のすべてが彼女を引き立てるために存在しているかのように錯覚《さっかく》してしまいそうだった。

ドザッ
バザ
バザ
いってー

唇は、傍《かたわ》らに咲く花よりも可憐《かれん》。陽の光は髪が放つ光沢《こうたく》のように見え、風の匂《にお》いはまるで彼女から薫《かお》っているかのよう。瞳には不確かな透明感があり、どんなものでもそのままに映してしまいそうな危うさが、包み込んで逃がしたくなくなるような魅力になっている。

「は、はい!!」

慌《あわ》てて立ち上がったメイは、思わず自分の手を後ろに隠した。荊《いばら》で切った血をここで見せてしまうと、この透明感が赤く染まってしまいそうだったのだ。

(この学校の生徒……だよね。上級生かな……)

おしりをはたいて、メイはなるべくきちんと頭を下げた。

「す、すみません。勝手に入ってきたりして」

「私こそ……外の方とお会いするのは久しぶりだから……ちょっとびっくりしちゃって……」

「え？　あの……学校は？」

「私、体が弱くって……授業や礼拝にもなかなか……。勉強は執事がみてくれるけど、出席日数が足りないので、何年も留年してしまって……」

ということはいくつか年上なのだろう。そう言われればそう見えるし、危うさが幼さに見えるところもある。

(……そうだったんだ……)

こんなに美しいのに、誰にも見られることがないなんて。

少女は、憂《うれ》いをたたえた瞳で、手に持った花を見下ろした。摘《つ》んだものなのだろう。白くしなやかな指で、そっと花弁を撫《な》でる。

「まるでこの温室の花のよう……。外に出ては生きていけない、哀れな存在……」

彼女のつぶやきは、この温室の中にあって、あまりにも温度を失っていた。

さっきのリカの姿がよみがえる。やはりお嬢様という存在の華《はな》やかさは、目に見えている部分だけなのだろうか。

お嬢様って哀しい――

さっき自分で浮かべた言葉を、メイは思わず、ぶんぶんと頭を振ってかき消した。

「哀れなんかじゃないです!!　この花たち……すごくキレイですもん!!」

少女は、少し驚いたように顔をあげた。

メイは必死で言葉を並べる。

「昔、母が言ってました。みんなが憧れるような美しい花は、それはそれは大変な手間ヒマと愛情をかけないと咲かすことはできないって……。だから温室の花はぜんぜん哀れなんかじゃないんです…!!」

「……お母様はお花を育てるのがお好きだったの？」

「あ、いえ……花というより、野菜のほうを少し……。きゅうりとかトマトとか」

急にしまらなくなって頭をかいた。しかし、その姿を見て、少女が初めて笑った。かすかにではあったが、確かに、ほっとしたような笑みをこぼしたのだ。

メイは単純にそのことがうれしくて、ぱたぱたと身ぶり手ぶりもまじえた。

「自分で育てた野菜って、すっごくおいしいんですよ!!　形はブサイクなんだけど……」

「ルチア様」

不意な声が割り込んだ。いや、割り込んだというよりは、風が頬《ほお》を撫《な》でるかのように自然に滑り込んできた。

「はい？」

少女が返事をして、そちらを向く。つられて、メイも顔を向けた。

「失礼。ご歓談中でしたか」

言葉を失った。

そこには、金髪碧眼《へきがん》の、白い男が立っていた。肌も白く、執事服も白い。

「あのね忍《しのぶ》、こちらは……。あら、そういえばお名前をまだ……」

（キャーキャー!!　キャーキャー!!　キャッキャーっっ♥♥）

頭の中ですら、言葉にならない。訳すなら、「なんてステキ!!　なんて美形!!　なんて麗《うるわ》しいのぉ〜〜〜っ!!」だ。

「は、は、はじ……はじめました……」

「どうぞよろしく」

ぺこりと頭を下げる、忍。

しかし、目を奪われる美しさは彼からのみ放たれているのではない。ふたりだ。ふたり並んだ時だ。これだけの人たちが、ひとりだけではまだ未完成な芸術作品のように思えてしまうくらい、ふたり並んだ光景は美しかった。この世のすべての人に愛されるために描かれた絵画のようだ。

「ルチア様。そろそろお部屋に戻られたほうが……」

「そうね……。名残《なごり》惜しいけれど」

手を取り合う姿は、まるでお姫様と王子様だ。

（カメラ〜。カメラ欲しい〜）

ひとり見とれるメイのふわふわした足もとに、かすかに冷たい空気が触れる。出入り口のドアが、開けられたのだ。

そして、聞き慣れた声に名を呼ばれた。

「メイ様、こちらでしたか。探しましたよ」

その瞬間、ぱさり、と花が落ちた。少女が、持っていたものを取り落としてしまったのだ。

少女は、驚きと困惑と、どこか迷子の子どものような不安をまぜたような、そんな表情をしていた。

メイは、その重要な変化に気づきもしなかった。なによりも、理人《りひと》もその少女を見て動きを止め、目を見開いたことを見逃した。

「……メイ様。早く帰って宿題を済ませませんと……」

「は？　はい〜ほ〜れふね〜♥」

いつものように理人に促され、メイは目をキラキラさせながら温室を出た。荊《いばら》で傷ついた指がちくりと痛んだが、今は気にならなかった。

最後に理人が、こう言い残す。

「では失礼します……詩織《しおり》様」

すうっと日が陰った。

何か気配を感じたかのように、鳥たちも鳴くことをやめる。

「……できれば会わせたくありませんでした。お体に障《さわ》るといけませんので……――」

じっとうつむいている少女に、忍が声をかけた。

「彼女こそが、行方《ゆくえ》不明だった本郷周太郎《ほんごうしゅうたろう》のひとり娘……。〝通称〟東雲《しののめ》メイです」

少女が、膝に置いた手でスカートを握り締める。

「だんな様はこの程、正式に彼女をご自分の後継者に……」

「あの子が……」

忍の言葉を遮《さえぎ》って、少女がゆっくりと顔をあげる。

その目には、さっきまでの透明感はなくなっていた。まるでメイが懸念《けねん》したことそのままに、流れた血のような濃い色をしている。

強くかみしめた唇から、つう、と鮮血が流れた。

「あの子が……おじい様にとり入って……私から理人さんを奪ったの……？」

くすりと愉《たの》しげに微笑《ほほえ》みながら、忍は少女の震える肩に、そっと手を置いた。

◆　◆　◆

「泉《いずみ》さあ〜〜〜〜〜〜〜ん……」

どんよりと曇った顔のメイに呼び止められ、泉は足を止めた。

「ど、どうしたの？　そんな顔して」

「さっき礼拝で言ってた『定例舞踏会』って、いったいなんなんでしょうか……」

「あ……。ああ。この学園の年中行事だよ。将来、私たちが社交界にデビューした時に戸惑わないためのね」

そこへ、うしろから追いついたみるくと不二子《ふじこ》が言い添えた。

「あんなのは楽しいパーティーだ。メイみたいなやつは気楽に食べていれば終わる」

「それとね、舞踏会で女王《レジーナ》に選ばれると〝光《ルチア》〟を10個もらえるのよ。がんばってね〜メイ」

それを合図にメイは、不二子に抱きついた。

「でも一番ヘッポコな生徒は……手持ちの光《ルチア》ぜーんぶぼっしゅーとだって……」

なるほど、落ち込んでいる理由はそれか。

不二子に頭をなでられ、みるくに笑われて、メイは半泣きで顔をすりつけた。

すると、ちょっと興奮気味に、みるくの執事の大門《だいもん》が言った。

「東雲様の御同輩はすごいのですよ！　先代の女王は、華山《かやま》様なのです！」

「えっ!!　リカが!?」

「はいっ。そして先々代は夏目《なつめ》様です！」

「不二子さん!?」

「そして今期の最有力と噂《うわさ》されているのが、弱冠《じゃっかん》2年生にして〝太陽《ソーレ》〟までのぼりつめた、竜恩寺《りゅうおんじ》様なのです！」

「泉さんが……。ハア〜……みんなすごい」

「私は去年の舞踏会しか存じませんが、皆様それはもうお美しいドレス姿で、天女のようでした……。ダンスもそれはそれは優雅……**はぐぁっ！**」

幸せそうに思い出していた大門の脇腹に、強烈なみるくのキックが決まる。今日はちょっと容赦《ようしゃ》がない。

「おまえは先に帰ってろって言っただろ！　鼻の下ばっかり伸ばしたデカイのがいると邪魔《じゃま》なんだよ！」

「み、みるく様～～～～～～～～……」

うずくまる大門を置いて、すたすたとみるくは歩いていく。

ちょっと気の毒そうに見送りながら、不二子がたずねた。

「荒れてんね～。どうしたの、みるく?」

「フン」

リカさながらにツンと顔をそむけるみるくが、ぼそっともらした言葉を、背の低いメイだけが拾うことができた。

「他の女ばっかり褒《ほ》めやがって……もう少し背が伸びたらダンスだって一緒に踊ってやるってんだよ。おまえがデカイのが悪いんだぞ、バカ大門め……」

あ、とメイは気づいた。いくら五歳の天才児といったって、女の子の本質が違うわけはない。大門は感激屋のふしがあるから美しいものを素直に美しいと言ってしまうようだが、それを聞いてみるくがどんな気持ちになるかまでは気が回っていないようだ。

メイは、ぎゅっとみるくの手を握って歩いた。

「?」

「いいなぁ～、みるくちゃんは。ちっちゃくて」

「な……っ!!　おまえまで私を子ども扱いするのか!!　バカにするな!!」

振りほどかれそうになった手を、強く握って離さなかった。

「ちがうよぉ。あのね、あたしって理人さんに出会ってから、まだひと月も経ってないのよ。みるくちゃんが大門さんに会ったのって、いつ？」

「……この学園に入学した時だから、去年だけど……それがどうしたんだ」

「じゃあ、みるくちゃんがあたしと同い年になったら、十年も大門さんといっしょにいることになんだよね。だから、いいなぁ～って」

「……」

「きっと、世界でいちばん大門さんのこと知ってる女の子になってるよ。大門歴十年だよ、十年!!　すごくない？」

「……なんだよ……大門歴って……」

みるくの手から、すっと力が抜ける。

この学園で、自分の執事自慢をする者はいくらでもいるし、それが普通だ。だがこんなふうに、他人とその執事の関係まで気をまわしてくれる者などいない。

「十年か……。脳ミソの空きスペースが広いのかな。バカの考えてることは雄大だな……」

つぶやいて、するり、と手を抜いた。

「……ちょっと様子見てくる」

めずらしく顔を赤らめて、みるくはもと来た道を走って引き返していった。

すると、不二子が、称えるようにメイの背中をぽんぽんと叩いた。

「私も根津《ねづ》ちんに会いたくなっちゃったな～。ちょっと行ってこよっと」

そう言って、別の方向へ駆けだす。

ふたりだけになって、泉はじっとメイのことを見ていた。

不思議な少女だ。まだ来て日が浅いからではないだろう。ここでは見ない、珍しいタイプだ。そう思った。しかし、こんな子が、自らすすんでこんなところへ来て、こんなにがんばろうと思えるのだろうか。

「……東雲さんは」

「はい？」

「どうしてこの学園に来たの……？」

「え……？」

「ご家族のすすめ？」

「ええ……まあ。そんなカンジですけど……。あっ。あーっ、そうか。そうだった!!」

急に何かを思いついたように、メイが声を張り上げた。

意味がわからない泉の手を握って、笑顔でぶんぶんと振る。

「ありがとう泉さん!!　あたし、自分を見失ってましたっ!!　がんばります!!」

「え？　あ、ああ……」

メイは、いてもたってもいられない様子で、〝陰《オンブラ》〟寮の方向へ駆けだした。そうだ。この学園に来たのは、おじいちゃんに言われたからでも〝光《ルチア》〟を集めるためでもない。理人を喜ばせたかった。彼が望む、世界一のお嬢様に近づくため。それだけだった。

いま、一秒でも早く理人に会いたい。

「それと、あたしのことはメイって呼んで下さいねー!!」

言葉とともに、どんどん遠ざかっていく。

その背中を見ながら、泉は、少し寂しそうにつぶやいた。

「いつも楽しそうだな……あの子は……」

◆　◆　◆

「……で、東雲《しののめ》メイの様子はいかがですか？」

窓際に立つ白い執事が、たずねた。

〝太陽《ソーレ》〟の定例会合が終わってから、泉だけが残されていた。泉は忍《しのぶ》のほうを見ないまま、答える。

「舞踏会のためにワルツのステップを執事に手ほどきしてもらっているようです。なかなか思うようにいかないと嘆いて……」

「私が聞きたいのは、そんなことではありません。彼女の弱み……です」

泉は忍の目を見た。碧眼《へきがん》が妖《あや》しい輝きを強めたように見えた。

「……なぜ、そんなことを……」

「前にもお話ししましたように、彼女は本郷家の財産を狙いルチア様のお立場を危うくしているのです。……ウジ虫のように……」

「……。忍様？」

またただ。空気がどろりと濁《にご》ったような感覚だ。この間は女子生徒たちの渦巻《うずま》く欲がそう感じさせたのかと思ったが、この忍という男は、どうやらひとりで周囲の空気を変えてしまえるらしい。その存在感の危《あや》うさは別にして。

「弱点が無いのなら、作ってしまえばいいわけです」

「……」

忍が、泉に歩み寄った。

「来週、定例舞踏会があるそうですね。……いい機会だと思いませんか？　竜恩寺様……」

つう、と背中に汗が伝ったのがわかった。

「ルチア様のお力になれる……本当にいい機会です」

白い執事の愉《たの》しそうな笑顔を、泉はただじっと見返すことしかできなかった。

◆　◆　◆

そして、舞踏会の日はやってきた。

おじいちゃんから送られてきたドレスに身を包んで緊張しながら待っているメイのもとへ、準備を終えた理人《りひと》がやってきた。

「おまたせいたしました。さあ、参りましょう」

現れたその姿を見て驚いた。夢にまで見たスワロウテールを着ている。

「理人さん、そ…それは!!」

「はい。本日だけは我々も正装を許されております。大事なお嬢様方のエスコート役ですので」

素敵すぎる！　麗《うるわ》しすぎる！　〝月《ルナ》〟になればいつでもこの姿を拝むことができるのか。

メイの目が、ギラリと光った。

「あたし女王になりますっ!!　そんでもって光《ルチア》をいーっぱいもらって理人さんにステキな服を……」

「はいはい。やはり少し寝ますか？」

理人にたしなめられるが、決意は本当だ。

この一週間、ダンスの練習に費《つい》やした努力と、このドレスがあれば、もしかしたら奇跡が起こるかもしれない。昨日だって遅くまで練習して、眠くてもがんばっているのだ。きっと神様は見ているはずだ。

しかし、そんな淡い期待は、舞踏会の会場となるホールに入ってすぐに、打ち砕《くだ》かれた。

同級生たちが迎えてくれたのだが……。

「あら。似合うじゃない、そのドレス」と不二子《ふじこ》。

「ドレスだけ良くってもねー」とリカ。

「今夜はゆっくり楽しもうね」と泉。

この三人の噂《うわさ》に違《たが》わぬきらびやかさは、他を圧倒していた。こんな人が同じ学年に三人もいるなんて、不公平にもほどがある。

「泣くな‼　今夜は食い放題じゃけん‼」とタミー。

「だからおとなしく食ってろと言ったんだ」とみるく。

どう考えてもメイは、こちらの胸ぺったんこチビッコグループだ。

あっという間に頭を切り替える。

「そうだね……。これはもう、食うしか‼」

「メイ様」

意気込んだメイに、理人がすかさず声をかけた。

「今日はどうか、私がお取りするお料理以外、口になさらないでください」

「……なんでですか？」

「…………」

理人の目が、慎重に周囲を探る。

「今夜は……メイ様を独占したいのです」

「えっ？」

「もちろん、私以外の男と踊ることも禁止ですよ。決して……私のそばを離れないでくださいね」

「理人さん……」

頰《ほお》が熱い。今日に限ってこんなことを言われるなんて、やはりドレスの効果は大きいのかもしれない。

その後、立食もそこそこに、ホールには交響楽団の生演奏でダンスの曲が流れはじめた。

すぐにメイは気づいた。練習の時によく使っていた曲だ。

少し安心したところに、理人から手が差し伸べられる。

「お嬢様《じょうさま》。一曲ごいっしょしていただけますか？」

「は……はいっ、喜んで!!」

メイが踊りはじめると、同級生たちが感心したようにこちらを見た。

自分でもわかる。練習の甲斐《かい》あって、けっこうサマになっている。それに、理人のリードがいいのだ。せっかくこんなにいい形になっているのだから、ステップを間違えたくない。練習の時みたいに、理人の足を踏みたくなかった。

「……1……2……3……ターン……」

知らず知らずのうちに手順を声に出してしまっていたら、そっと理人に抱き寄せられた。形が崩《くず》れる。

「あ……」

「いいのですよ、そんなに固くならずに。今は何も考えずに、音楽と私にカラダをまかせて」

「……はい」

夢のようだった。とろけそうな時間だった。

しかしそれは、ふいのざわめきによって終わりを迎える。

会場中が波立つような歓声の先には、ホールの一角に現れたひと組の男女がいた。

「ご無沙汰《ぶさた》しております。皆様方……」

そう言ったのは、車椅子《くるまいす》に腰かけた、そう、あのときの温室の少女だ。いや、いまのこの大輪《たいりん》の花のような艶《あで》やかさは、少女といってしまってはいけない。白いドレスに身を包み、清楚《せいそ》さを感じさせながらも、ほのかに円熟した色香《いろか》を放つ。その存在感は圧倒的だった。

傍《かたわ》らに立っているのは、同じ時に出会った白い執事だ。

「あれは……」

驚いているメイに、不二子が教えてくれた。

「あれは、ルチア様と忍様だよ」

「ルチア？　あの光の粒のこと？」

「ちがうちがう。この学園の名前になってる聖女ルチアって人が昔いてさ、それにちなんで〝太陽《ソール》〟のなかで一番エラ〜イ人をそう呼んでるわけ。まあ役職みたいなもんよ」

「ルチア様と忍様……」

「めったに人前に姿を現さないんだけどねぇ。なんでまた急に……」

会場のざわめきはいつまでもおさまらなかった。誰もが羨望《せんぼう》とあこがれの眼差しでふたりを見ている。

「踊られるのかしら」

「まさか……ルチア様はお体が弱いし」

「忍様はルチア様以外の人とは……」

そんな声のなか、会場の中央付近にたどり着いたふたりは、何か二言三言ほど交わした。そして、忍の碧眼《へきがん》が、メイをとらえる。

「え？」

まともに目が合って驚いていると、次にさらなる事態が起こった。近づいてきた忍が、手を差し出してきたのだ。

「メイ様。どうか私と一曲、お相手を」

会場中から、怒声まじりの悲鳴が飛んでくる。

「どういうことーっ⁉」

「なんで学園の王子、忍様が、あんなフツーの子を⁉」

これはまずい。ただでさえ忍の美しさにあてられてくらくらするのに、こんな中で踊れるわけがない。

どうすればいいのかわからず、理人に助けを求める。

「り……理人さ…ん……」

言葉が途切れた。

理人のほうには、車椅子《くるまいす》からルチア様が、白くしなやかな手を差し出しているのだ。

「踊ってくださる？」

「……」

わずかに考えたような表情を見せた理人だったが、すぐに笑顔になった。

「ええ……もちろん、よろこんで」

ふたりの手がつながれるのを、メイはただ呆然《ぼうぜん》と見ているしかなかった。

ひときわ大きなざわめきは、ルチア様が車椅子から立ち上がった時に起こった。立てないのではと思っていた生徒が大半だったのだ。しかしそんな声も、彼女の立ち姿のあまりの優雅さに、すぐにおさまる。

立ち尽くしそうになったメイの手が、強く引かれた。

「メイ様。私たちも踊りましょう」

「あっ……」

ちくり、と指が痛んだ。あの温室で荊《いばら》に引っかかれたところが、また痛む。治ったと思っていたのに。

忍が、メイの腰に手を回した。

「いえ、あたしは……」

「壁の花ではもったいないですよ。さあ、参りましょう」

「えっ⁉ しっ、忍様っ、あたし……」

半ば強引にエスコートされ、メイはかろうじてステップを踏んだ。

忍は、メイの体を誘導して、自然と見晴らしのいいスペースに出た。

「ほら、あのおふたり……」

耳打ちされ、メイはつい目を向けてしまった。そして表情が固まる。

そこには、自分とは比べ物にならないほど優雅にステップを踏む、理人《りひと》とルチア様の姿があったのだ。

ほぉ…

　ふたりの顔が接近すると、脳の奥がカーッと熱くなるような気がした。

　すっかりその光景に見とれる周囲からは、今回の女王はひょっとして、という声がいくつも聞こえた。

　メイの耳元で、忍が続ける。

「ご存知でしたか？　彼は昔、ルチア様の執事をしていたんですよ」

「!?」

　ステップが止まる。

　そんなこと、理人は一言も口にしていなかった。

「執事の私が言うのも何ですが……あのおふたり、お似合いだと思いませんか？　誰にも邪魔《じゃま》できない強い絆《きずな》で結ばれている感じがして……」

「え……」

「ずっと長い時間をともにすごされたのでしょうね。見てください、柴田《しばた》くんの手を。ルチア様の抱き方を心得ているようだ。まるで包み込むようでしょう？　強く、やさしく、どこを触れば感じるか、知りつくしているのでしょうね」

「……」

「ふたりであぁして、どんなことを語らったのでしょうね。朝も昼も……夜も……」

「……いや……」

優雅に踊るふたり。

知らなかった理人の顔。

胸の奥が、黒いもやのようなものに支配されていくのがわかる。耳をふさぎたくて、ダンスをやめようとしたが、忍の手はそれを許してくれなかった
「私は、メイ様のほうに心ひかれますが」

「え……？　し、忍様……!?」

忍の顔が、ぐっと近づく。

「初めてあの花園の中でお会いした時から……メイ様、あなたを……」

「……や……だめ……」

「語らいましょう。不足は感じさせません。私の手も唇も、きっと柴田くん以上に饒舌《じょうぜつ》ですよ。あなたの悦《よろこ》ぶ声を、より多く絞《しぼ》り出させてみせる……。そして……」

唇と唇が、もう少しで触れそうになる。

なぜか逃げられない。

しかし。

「きゃあああ……ルチア様が……っ!!」

突然の悲鳴に助けられた。

見ると、理人がルチア様を抱きかかえてしゃがんでいる。どうやら彼女は気を失っているよ

うだ。

「皆様、お静かに。だれか医者を……!!」

そう言いかけた理人の前に、メイを解放した忍《しのぶ》が素早く立った。

「どうぞおかまいなく。ルチア様のお世話は、この私が」

「しかし……」

「ご心配なく。私は医師免許を持っておりますので」

「……」

ルチア様の体を抱きかかえた忍が、そのまま会場を去っていく。まるで、花の嵐が通り過ぎたかのような騒ぎだった。

そんな、ホールを出た忍たちを待ち伏せていた者がいる。柱の陰から姿を現したのは、泉《いずみ》だ。

「弱味を作るのは、あなたのほうが上手《うま》いようですね。どういうつもりですか？　東雲《しののめ》メイにあんな……。いったいあなたは何を企《たくら》んで……」

「あなたの心をつかむにはどうすればいいのでしょうね。優等生の竜恩寺《りゅうおんじ》様」

「!!」

碧眼《へきがん》の奥が妖《あや》しくゆらめく。

口をつぐんでしまった泉を見てクスクスと笑いながら、忍は去っていく。

その影が月光で長く伸びていく様を、いつまでもにらんでいた。

メイは〝陰《オンブラ》〟寮の部屋に帰ってくるなり、むしるようにドレスを脱いだ。電気をつけないまま、月明かりの下、ベッドに身を投げる。

（ルチア様、キレイだった……。ああいうのが本物のお嬢様《じょうさま》っていうんだろうな……。理人さんが望む、世界一の……）

ぎゅっと手足を縮こまらせ、目を閉じた。月光さえもまぶしい。

コンコン。

ノックの音に、身を起こした。

「メイ様。いらっしゃいますか。私です」

理人の声だ。

「あ……はい、どうぞ」

ドアから現れた彼は、心配そうな顔をしていた。

「先にお戻りだったのですね。申し訳ありませんでした……おひとりにしてしまって……」

「あー……いいんですいいんです、気にしないでください。あたしも……なんか調子悪かったから……」

「……っ!!」

理人にしてはめずらしく、慌《あわ》てたように近づいてきた。ベッドに乗り上げるようにして、メイの額《ひたい》に手を伸ばす。

「熱は……ないようですね。……よかった……」

やっぱり違う。どんなに美しいと思える忍に近づかれても、こんな気持ちにはならなかった。理人の手が触れた、ただそれだけで、胸の奥が熱くなる。ほっと安心したような彼の顔を見るだけで、心のどこかがしめつけられる。

「おフロにお入りになって、早目にお休みになったほうがよろしいですね。少々お待ち下さい」

「いえ……いいです……」

「しかし、よく温まったほうが……。すぐ準備できますので」

「いいからもう、あたしにかまわないでくださいっ!!」

音が、なくなった。

静寂が、全身を圧迫しているような、息苦しさを覚えた。

しばらく何も言わなかった理人だが、力なく姿勢を正し、抑揚《よくよう》のない声で言った。

「…………失礼いたしました……。隣におりますので、ご用の時はお呼び下さい……」

理人は、自分の部屋に戻った。

しかし、ドアのそばをなかなか離れることができなかった。

何度目かの葛藤《かっとう》のあと、やはりドアノブに伸ばされた理人の手が、止まる。この扉一枚向こうから、かすかな泣き声が聞こえたからだ。

「……っく……ひっく」

「……メイ様……？」

メイは、ドアにもたれかかるようにして膝を抱えていた。

「無理です……。あたしやっぱり……お嬢様になんてなれません……。理人さんとつりあうような世界一のお嬢様になんて……。だって……あんなステキなヒトには……絶対勝てないもの……」

「……」

「だからもう……あたしに関わらないでください……。優しくしたり……笑いかけたりしないでください……。じゃないと……あたし……」

理人は、何も言えなかった。言葉の一つ一つが突き刺さっているかのように顔をゆがめて、じっと床の一点を凝視していた。

冷たいドアに頰をつけて、メイはぼろぼろと流れる涙を拭《ふ》くこともできなかった。

想いが、あふれる。

「好きです……」

「!!」

こんなことを言っても、理人が困るだけだ。それはわかっている。

わかっているのに、まるで魔法か何かにかけられてしまったように、言葉が止まらない。

「自分でもどうしようもないくらい……理人さんのこと……好きなんです……」

「……」

目を閉じ、理人は動くことができなかった。

思い出すのは、本郷金太郎《ほんごうきんたろう》が命じた、あの言葉。

この苛烈《かれつ》な渦《うず》の中に、あろうことかメイはいま自分の意思で飛び込んだのだ。それほどまでの想いなのだ。

本郷金太郎の酷薄《こくはく》な笑みを思い出しながら、理人は何度か握ったこぶしを、ゆっくりと開いた。

「メイ様……私は……」

静かにドアノブを引くと、不自然な重みがあった。

ずるり、とメイの体が崩《くず》れ落ちてきて、慌《あわ》てて受け止める。彼女は、頬《ほお》に涙の跡をつけて、小さな寝息をたてていた。理人がせめてジャケットを着ることができるようがんばりたいからと、昨日も遅くまでダンスの練習をしたのだ。

そんな状態で、あの舞踏会へ出て、今……。

理人は、メイを受け止めて膝《ひざ》をついたまま、他人には決して見せなかった悲痛な顔で、うつむいた。

「メイ様……いたらなかった今日の私を、どうかお許しください……」

5　あえぐ蜥蜴《とかげ》

女王《レジーナ》の戴冠《たいかん》式は、盛大に執《と》り行われた。

全校生徒が見守る中、前女王の華山《かやま》リカから宝冠を授与されたのは、竜恩寺《りゅうおんじ》泉《いずみ》だった。

ひときわ祝福の拍手をおくる2年生たちのほうを、しかし泉はちらりとも見ることはなかった。すべての生徒たちが欲しがってやまない女王のマントと宝冠に身を包んでもなお、泉の表情は沈んだままだ。

(泉さん……なんかあまりうれしそうじゃない……)

メイが気になっていたことは、同級生たちも同じだったようで、隣《となり》にいた不二子《ふじこ》がそれを言葉にしてくれた。

「ルチア様が辞退されての女王だからね。やっぱスッキリしないみたいね」

そうなのだ。

満場一致で女王に推《お》されたのは、やはりルチア様だった。しかし、彼女はこう言ったのだ。

『せっかくの栄誉《えいよ》ですが、皆様方にご迷惑をおかけしたこの身。慎《つつし》んでご辞退しとうございま

す』

それで泉は繰り上げで女王になったのだった。

「タナボタ女王っ!!」と無邪気《むじゃき》に言うタミーが、みるくから「光《ルチア》を全部没収《ぼっしゅう》されたおまえが言うなよ」とツッコまれていた

しかし、メイは、泉だってルチア様に負けないくらいの美しさがあると思った。もっと堂々としてもいいのに、と。

実際、背の高い泉にはマントがよく似合い、凛《りん》とした立ち姿はとても絵になった。同性でも見とれてしまう。

(あぁ……あたしもいつの日か、あの宝冠とマントを……)

「来年がありますよ」

「!!」

心を読まれたように、背後から声をかけられた。

理人《りひと》だ。

いつもと変わらず、微笑《ほほえ》んでいる。

「は、はいっ、そーですっ……が、がんばります、はい……っ!!」

言葉がうまく出ない。どうして昨日はあんなことが言えたのだろう。顔をまともに見ることができない。

自分だけがギクシャクしていることにいたたまれず、メイはそそくさと生徒たちの輪の中に逃げ込んでしまった。

残された理人が立ちつくしていると、つん、と脇腹を肘《ひじ》でつつかれた。

「どーしたよ、色男」

不二子の執事の根津《ねづ》だ。いつもの不精《ぶしょう》ヒゲを撫《な》でながら、ちょっと心を覗《のぞ》くように理人の顔を見上げている。

「べつに……」

「ほぉ。べつにって風には見えなかったんだけどねぇ」

「……」

執事たちは皆、壁際に並んで控えていた。ここから自分が仕える お嬢様《じょうさま》の様子をうかがうのだ。

誰に言うでもなく、根津はつぶやいた。

「お嬢様に仕えちまった執事は、ロクな人生を送れないらしいぜ」

「な……なんでそんなこと言うんですかぁーっ」

小声だが強い調子で返したのは、隣に立つ、みるくの執事の大門《だいもん》だ。体は大きいが気はやさしいため、根津のセリフに悲しそうな顔をしている。

「考えてもみろよ。四六時中お嬢の事考えてるよーな男、モテねーって。そんなわけでまともに結婚なんてできねーし」

と、根津は、タミーの執事である神崎《かんざき》の顔をちらりと見た。

「もちろん中には仕事としてクールに割りきってる奴もいるだろうが……」

「……」

神崎は無反応だ。

根津は次に、リカの執事である青山を見た。

「たいがいは彼女たちの魔性《ましょう》にとっつかまっちまうってワケよ」

「……」

青山は無言だったが、かすかに、くっと口を結んだ。

それを見て力なく笑った根津は、またどこを見るでもなく言う。

「それでも、一生お嬢様のそばにいられるのなら、まあそういう幸せもアリだろうさ。これが嫁にでも行かれてお役御免《ごめん》なんてなった日にゃ……抜《ぬ》け殻《がら》だよな……」

「そんなこと言わないでくださいよー……」

もう大門は泣きそうだ。

と、なぜか理人は、すっと音もなくその場を離れた。メイの姿がよく見える位置に移動したようにも見えるし、根津の話を嫌がったようにも見える。ただ、その表情は、いつもと何ら変わりない仕事のそれだ。

　それを見た青山が、ちょっと皮肉っぽく言った。

「その点、奴は安心だな。なんてったって天下のSランク執事様だ。きっと鋼鉄のハートででてきてるんだろ。だいたいチンクシャ相手じゃ、魔性も何もないしな」

「青いねぇ、ボーヤ」

「だっ、だれがボーヤだっ」

　青山のウェーブ頭をぽんぽんと撫《な》でて茶化《ちゃか》す根津だが、さほどふざけている目ではない。

「有能な執事ってやつはな、たとえばおまえさんみないなロマンチストじゃなけりゃ務まらないのさ」

「だっ、だれがっ」

「考えてもみろよ。繊細《せんさい》さのないやつに、お嬢様がいま何を望んでいるのか察して動いてやることができるか？　どんなに努力して技術を上げたところで、大門がS級執事になれると思うか？」

　それには誰もが納得して、反論もなかった。「なんで誰も意見がないんですかーっ」と嘆《なげ》く大門だが、それは仕方がない。

　しかし青山は、理人の背中に視線を投げて、なお納得いかなそうな顔だ。

「あいつが繊細……。あいつがぁ～？」

「おまえさんがフェンシングが得意なように、オレにも得意な事があるんだよ。『昨日何かあった執事の顔』ってのを見分ける目は、誰にも負けねえんだぜ」

「は？」

意味のわからない青山だったが、どうせ根津にこれ以上何を聞いても、いつもみたいにのらりくらりとかわされるのがオチだということはわかっている。やや不満はあったが、理人のことを考えるのもやめて、黙っていた。

すると、大門がしみじみとこんなことを言いだした。

「そう考えると、木場《きば》は安泰《あんたい》ですなあ」

「はぁー？　なんであんなドジっ子がー？」

青山はついツッコんでしまったが、根津が「確かに」と言ってうなずいたところで、ああなるほどどと思い至った。

根津もどこか遠くを見るように、泉の女王姿を見る。

「竜恩寺泉様……。室町時代から続く超名門・旧華族《かぞく》、竜恩寺家の次期当主。彼女なら、よそに嫁に行くこともないしなぁ……。加えてあの美しさ、聡明さ……紛《まご》う事なき血統書付きのお嬢様ってヤツだ」

たしかに、凜《りん》と立つその姿、強い光を宿す瞳、純潔さを感じさせる立ち居振る舞い。どれをとっても理想的なお嬢様像だ。

その場にいた全員が、「木場にはもったいねぇ……」と心の中でつぶやいた。

その泉は、ひととおりの式をようやく終え、近くで控えていた木場のところへやってきた。

「おめでとうございます、泉さま……!!」

「なんで木場が泣くの？」

泉の表情が、やわらかくなる。大げさにむせび泣いている木場を見て、くすくすと笑っていた。

「だって……だってうれしいじゃないですかー。きっとだんな様や奥様もお喜びに……」

木場の言葉が途切れた。すっ、と彼の頭に何かがのせられたのだ。それは女王の宝冠で、気づいた木場が驚きかけたところで、泉が言った。

「木場の喜ぶ顔が見たいからもらったんだよ。だから、あげる」

「え……？　あの……でも……」

涙も引っ込んでしまった木場だったが、それだけじゃ済まないのが彼だ。あっけにとられるあまり、ずるりと宝冠が脱げ落ちてしまったことに気付かなかったのだ。

ガシャーン！

派手な音が響きわたり、「**ひいいいいいい**」と木場が悲鳴をあげる。他の執事たちが大慌《おおあわ》てで「バカ木場ーっ!!」と駆け寄ってきた。

木場を中心に一気ににぎやかになった光景に、泉は「あはははは」と大きく口を開けて笑っていた。

それからの時間は、女王の祝賀会だ。主役の泉以外は制服姿でおしゃれをしないが、生徒たちは立食形式で歓談できる。

メイたち2年生も、みんな残っておしゃべりを楽しんでいた。顔の広い泉は、あちこちへあいさつに回っていて大変そうだ。それが済んで彼女が輪に加わるのを、同級生たちは自然と待っている。

と、ようやく泉が役目を終えて、メイのもとへ歩いてきた。

しかし、まず出てきた言葉は意外なものだった。

「ごめんね東雲《しののめ》さん。少し彼をお借りしてもいいかな？」

「え？」

彼女が手で示したのは、理人だったのだ。

「はっ、はい。どーぞどーぞ!!」

女王だと思うと、変に緊張してしまった。しかし、理人を伴《ともな》って去っていく泉の背を見て、すぐに後悔《こうかい》した。

「あ、あの……泉さん」

「え？」

呼び止め、今度はちゃんと目を見て、言った。

「女王即位、おめでとうございます!!」

泉は少しあっけにとられたような顔をしたが、すぐに笑みをこぼした。

「ありがとう」

その笑顔はまるで孤高の花のようだった。並んで去っていく背中に、メイは知らず、ため息がもれる。

(絵になるなぁ、あのふたり……。やっぱり理人さんには、あのくらいの美人で背が高くって賢いひとのほうが……)

そして真っ赤《まっか》な顔でぶんぶんと首を振る。

(あーっ、また自己嫌悪《けんお》スパイラル! 自分は自分。他の人とくらべちゃダメだあ〜〜〜)

「……絵になりますね、あのおふたり……」

まったく同じことを考える人がいるものだと振り返ると、そこには木場が立っていた。少年っぽい目を、どこかさびしそうに伏せて、やはり並ぶ背中を見ている。

「泉さまほどのお嬢様なら、ボクなんかより、理人君のような有能でカッコイイ執事のほうが……。って、あーっ。も……もちろん東雲さまと理人君はとってもお似合いです!!」

「あはは……」

このうっかりさ加減が、他人の気がしない。そして、落ち込み加減も。

小さくため息をつく木場の横顔は、いつも明るい彼と同じ人物だとは思えないほど沈んでいた。

メイは、思わず首を横に振っていた。

「で、でも、泉さんは木場さんのこと、気に入ってるんだと思いますよ。でなきゃ自分の執事には……」

しかしそれには、木場が首を振り返す。

「それは、ボクが木場家の跡取りだからですよ……」

「え？」

「木場家の跡取りは代々、竜恩寺《りゅうおんじ》家のご当主にお仕えするしきたりなのです。だからボクのような未熟な者でも泉さまは……」

「そ……それはちがいます!!」

つい必死に叫んでしまった。

「泉さんは木場さんのこと、本当に大事に思ってるから……だから……」

木場に自分が重なったのかもしれない。つい袖《そで》をつかんでまで訴えてしまった。そんな顔を見て彼は、いつもの人のよさそうな笑顔に戻った。

「ありがとうございます。東雲さま……」

と、そのときだ。血相を変えたシスター・ローズが駆け込んできたのは。

「竜恩寺さんは、いる……っ!?」

険しい表情だ。いつも泰然《たいぜん》としている印象だけに、焦っているのがよくわかる。

木場がすぐに前に出てきた。

「今、少々席をはずされておりますが、何か……」

間髪《かんはつ》入れずにシスター・ローズは、執事の桜庭《さくらば》に「探せ」と命じた。じゃあボクも、ときびすを返そうとした木場のほうは、止められる。

妙な緊張感と重苦しさが、場を支配した。

「落ちついて聞きなさい、木場……。今、竜恩寺家から連絡があって……」

泉《いずみ》と理人《りひと》は、広いバルコニーにいた。

夜風に髪をなびかせて、泉は強い瞳を向けている。

「すまない。こんな所まで呼び出してしまって。どうしても他の者に話を聞かれたくなかったのでね」

「私に何か……」

「率直《そっちょく》に聞こう」

視線が交錯《こうさく》した。

「東雲メイは、本郷《ほんごう》家の何なんだ?」

「……」

そらしたのは、理人だった。

泉の追及は止まらない。

「初めから変だと思ってたんだ。キミのようなSランク執事が無名の……ごく普通の少女に仕えてるなんて。それがあの日……めったに人前にお出にならないルチア様が、キミと踊った……。偶然だなんて言わせない。ルチア様はキミを知っていた。本郷家を継ぐ者と言われる彼女が……。キミは……キミたちは、いったい何者なんだ？　思うに東雲さんは、本郷家の最重要……」

「……」

「聡明な竜恩寺様が、そのような他人のプライバシーを暴くような事をなさるとは……」

「何か……深いワケがあると考えてよろしいですね？」

今度は理人の目が鋭くなった。泉は、すい、と背を向ける。

「……立場上、言えない」

「では私もこれ以上はお話できかねます、立場上。……失礼」

「誤解しないでほしい！」

去ろうとした理人に、泉はまっすぐに向きなおった。

「私は竜恩寺。誰かの犬になって褒美《ほうび》をもらおうなど夢にも思わない。たとえそれがどんなに強い飼い主であっても」

竜の化身《けしん》とあがめられた一族の誇りが、その瞳の光に宿っている。それはどんな強い嵐の中でも吹き飛びそうにない光だ。

「存じております」

理人が返すと、泉はニッと笑った。

そこへ、息せききって駆け込んできた者がいる。

「泉さま……‼　泉お嬢様――――っ‼」

「どうした、木場《きば》。大声など出して」

木場が、乱れた呼吸を整えるのももどかしそうに、強引に声を発した。

「だんな様のヘリが落ちて……だんな様が……っ‼」

「……‼」


一方、祝賀会は、強引に散会となっていた。

そうはいっても部屋に戻っている生徒は少ない。2年生たちはみんな残り、泉の帰りを待っている。周囲にはもう、竜恩寺家の話が噂《うわさ》となって広まっているようで、やや落ち着きのないざわめきを作っていた。

「泉のお父様が亡くなった……⁉」

リカが驚くと、不二子《ふじこ》が気の毒そうにうなずいて言い添えた。

「何もこんな日にねえ……」

しかし、リカのほうはむしろうっすらと笑っている。

「まぁ、めでたいこと!! これで泉は晴れて竜恩寺家当主よ。あんな若くて美しい当主なんてステキだわ!!」

「あんたって子は〜」

「なによ。ホントの事じゃない」

反応は人それぞれだが、確実に騒ぎが大きくなっていく。名家の竜恩寺の大事とは、それほどのことなのだ。

「メイ様」

「理人さん……!!」

不安な気持ちで胸を押さえていたメイのもとへ、先に理人が戻ってきた。

「今、泉さんのお父さんが亡くなったって……」

「はい。聞きました」

「じゃあ、泉さんはもうおウチに……?」

「………それが……」

感情を押し殺したような、なんともいえない無表情の理人に、メイはさらなる不安を感じずにはいられなかった。

ここは〝太陽《ソーレ》〟寮にある、泉の部屋。

その奥で、泉は一台のノートパソコンと対峙《たいじ》していた。

ウェブカメラによって画面に映っている通話相手は、泉の母。しかし母というには少々若く、女としての自分を前面に出しているような服装と印象だ。その膝《ひざ》の上には、まだ三、四歳くらいの幼い少女を抱えていた。

「おまえは帰ってこないでいいわ。泉」

「……」

画面の母は、濃いローズ色の唇を曲げて、うっすらと笑みを浮かべていた。どこか満足げにも見える。

その発言には木場が一番驚いて、声をあげそうになった。しかし、泉がじっと黙っているため、言葉を呑《の》んだのだ。

「あら、聞こえたのかしら？　返事は？」

「……わかりました、お母様……」

抑揚《よくよう》のない声で、泉が答える。

さすがに木場は黙っていられなくなり、身を乗り出す。

「泉さま、なんてことを！　お父上が亡くなられたんですよ……!?　奥様も……泉さまはだんな様が亡くなられた今、竜恩寺家の当主です。いくら奥様でもそのような物言いは……!!」

「当主……？」

母はいよいよ笑みを深くした。

「ああ、それね、木場。この子にするから」

そう言って、画面に幼い少女を映す。彼女は当前、泉の妹にあたる。本来の継承順は泉のほうが優先のはずだ。

「親族一同賛成してくれたわ。木場、おまえの父親もね。ねえ、美羽《みう》～♥」

「そ……そんな……」

木場は、膝《ひざ》から崩《くず》れ落ちてしまいそうになるのを、精いっぱいにこらえた。

突然の事故にも、竜恩寺家はゆるがない。そこに厳然とした世襲《せしゅう》のシステムがあるからだ。いずれ来る事態が少し早まったにすぎない……はずだった。そのはずだった。それなのに、そうなると木場が信じて仕えてきたことが、いま根本から別方向にねじ曲がっている。

ところが、そのあとの泉の返事に、さらに驚かされる。

「承知しました」

「い……泉さま!?」

いよいよ木場は、執事としての立場も頭から吹き飛んで、泉の前へ回った。肩につかみかかりそうな勢いで、叫ぶ。

「泉さま!!　……まさか、こうなる事をわかってらしたんですか……!?」

うつむき加減の泉は、木場と目を合わせない。

もどかしそうに言葉を重ねようとした木場の耳に、笑い声が届く。画面からだ。

「あいかわらず物分かりの良いこと。ホホホ」

ところが、最も驚かされることになるのは、次に放たれた言葉だった。

「では明日、木場を引き取りにいきます」

「!!」

空気が凍《こお》った。

それまで表情の変わらなかった泉が、目を見開いて唇をわななかせている。

「何を驚いているの?　竜恩寺家当主に仕えるのは木場家の者と決まってるじゃないの」

暗い空を映す窓に、ぽつり、ぽつり、と水滴が当たりはじめる。

「そうよ!!　もう竜恩寺の当主ではないおまえに、木場はいらないのよ!!」

「お母……」

「ああ、それとね。おまえと東条《とうじょう》家の長男との婚姻《こんいん》を決めたわ」

「!?」

「さっさと竜恩寺の家から出て行くといい。妾《めかけ》の子が!!」

勝ち誇ったような笑い声と共に、一方的に通信が切られた。

外には、ざああ、と音をたてて激しい雨が降り注いでいる。

泉は木場に背を向け、窓際に立った。

「泉さま……」

「悪いが、少しひとりにしてくれないか」

「でも……」

木場が近寄ろうと一歩踏み出した瞬間、背中越しに泉が叫んだ。

「おまえがいると私の判断がにぶるんだ……!!」

今まで聞いたことのない、感情にまかせたような叫びだった。悲鳴といってもいい。あの泉が、声を上ずらせ、裏返ることもかまわず、心臓を口から吐き出してしまうかのように叫んだのだ。

「……申し訳…………」

木場はもう満足に言葉にならず、逃げるように部屋を出ていった。

泉は、糸の切れた人形のように、がくりと膝《ひざ》を折る。

ひどい雨音なのに、廊下《ろうか》は絨毯《じゅうたん》敷きのはずなのに、そのためらいがちな足音が何度も止まりながら遠ざかっていくのが、今日はいやになるくらいよく聞こえた。

床についた手を、ぎゅっと握る。

しかし、力が入らない。

指の先まで震えている。

「お父様が死のうが……竜恩寺がどうなろうが……知ったことじゃない……。当主の座なんか、欲しけりゃいくらでもくれてやる!!　でも……木場だけは……。木場ぁっ!!」

手の甲に、ぽたぽたととめどなく雫《しずく》が落ちる。

遠くで、雷鳴が轟《とどろ》いた。光に遅れて音がやってくる。

いつもなら、木場が心配をしはじめるころだ。明日は足もとが悪くなるから気をつけてください、と。だから、そう言っていつも転ぶのは木場のほうなのに、と笑うのだ。やがて雷が怖いと言いはじめるから、ただの音と光だから家の中にいれば安全だと言い聞かせる。停電にでもなったらそれこそ大変だ。まず木場は転ぶ。最初に転ぶ。次の瞬間には雷鳴よりも派手な音をたてて、何かをひっくり返すのだ。執事のくせに、手がかかる。そのくせいつも笑っている。どんなときも笑っている。昔から、子どものころから、ずっと。

「お願いです……許して……お義母様《かあさま》……」

決して翳《かげ》ることのなかった瞳の光が、ついに消えた。竜の翼が、折れた。

蜥蜴《とかげ》のように地べたに這《は》いつくばり、生まれて初めて泉は祈った。

「何でもする……。何だって……あげるから……。神様……っ」

「神などではなく、ルチア様にお祈りなさいませ」

雨音と雷鳴の間から、するりと声が忍び込む。

「……!!」

まったく気配を感じなかった。いつの間にかドアを開けて立っていたのは、あの金髪碧眼《へきがん》の白い執事、忍だ。

「その万能の力をもって、必ずや貴方《あなた》の願いをかなえましょう」

「どんな……事……でも？」

「ええ。俗世間《ぞくせけん》の事でしたら、どんな事でも……」

その言葉は、甘く、冷たく、泉《いずみ》を締めつける。まるで服の隙間《すきま》から腕を通されて、後ろから抱きすくめられたかのように。その爪を、肉に食い込ませながら。

「ただし、生贄《いけにえ》を用意していただきますよ」

雨音が五月蠅《うるさ》い。

すべての思考をかき消すようだ。

「あなたの……良心を」

白い執事が、口を開けた。

それが、笑みなのか、牙を剝《む》いたのか、もう泉にはわからなかった。

どこか足元のおぼつかない空気を避けるように、2年生たちは自然と渡り廊下《ろうか》に集まっていた。しかし、誰が何を話すわけでもない。雨以外の音もない。滞《とどこお》った空気だけがその場を支配していた。

メイはそれとなく、屋根のギリギリのところで柱にもたれかかっていた。ひんやりと湿った風を感じながら、じっとうつむく。

あまり体にいいことではない。理人が声をかけるのは当然のことだった。

「メイ様……。そろそろお部屋のほうにお戻りになったほうが……」

「……」

「メイ様……？　メ……」

理人の言葉が止まる。ふわり、とメイが胸に飛び込んだからだ。

「泉さん……ちゃんと泣けてるかな……」

メイの目からは、涙がこぼれていた。

「こんな時は……だれがどうなぐさめたってダメだから……。せめて……思いっきり泣くしか……」

「……」

知っているから、理人は何も言えなかった。つい最近、両親を同時に亡くしたメイがどれだけ悲しんだかを。

しかし、彼はいま、震えるメイの肩を抱きかけた手を、悩んだ末に、そっと下ろした。

結果、メイの涙を止めたのは、まったく別のものだった。

ガサッと草の音がして、メイがそちらを見ると、執事服に身を包んだずぶぬれの男が立っていた。

「き……木場《きば》さん!!」

名を呼ぶと、近くにいた同級生とその執事たちが一斉《いっせい》に駆け寄ってきた。

「えっ!?」

「木場ですって!?」

「一人なのか!?」

メイは雨も構わずに水たまりを踏み分け、木場の手をつかんで引っ張った。

「木場さんっ、どーしたのそんなびしょぬれで……。早くこっち入って」

「……」

されるがままの木場の手には、力がなかった。なによりも、いつも笑顔の印象ばかりがある少年っぽいその顔が、いまにも崩《くず》れ落ちてしまいそうに沈んでいる。

「泉さんは!?」

その、メイの言葉が合図になったかのように、がくりと木場が膝をついた。小さなメイの手に、すがりつく。

「お願いします。どうか……どうか泉さまを……泉お嬢様《じょうさま》を助けてあげてください……!!」

「えっ!?」

ずっと雨にうたれていたのだろうか。唇は紫色だ。それをこじ開けるようにして、叫んでいる。

「泉様は……竜恩寺《りゅうおんじ》家を追い出される上……このままでは、したくもない結婚をさせられて……。お願いです……皆様のお力で、どうか泉さまを……泉さまを……」

手が、震えている。つかまれているメイにはそれがよくわかった。雨の寒さからくる震えではない。ときおり指先に力が入り、また抜ける。迷いと葛藤《かっとう》と悔《くや》しさが、いやというほど伝わってきた。

「ボクでは、どうしようもないんです……。泉さまの執事をはずされて……明日、本家に連れ戻されてしまうんです……。だから……」

だれもが無言だった。

苦悩に満ちた表情で、うつむいたり、爪を噛《か》んだり。

かろうじて根津《ねづ》が口を開き、「そうはいっても……なぁ……」と言葉を濁《にご》す。

「もう、その辺にしておいてはいかがです」

そう言って木場の体を引き起こしたのは、理人《りひと》だった。誰かがやらなくてはならない役目だ。すがりつかれているメイの執事ならばなおさらである。理人は表情を殺し、しかしはっきりと言う。

「……見苦しいですよ」

「あ……」

「皆様にもお立場というものがあります」

みんなが目を伏せる。無言の同意だった。

「ましてや我々は赤の他人。そういう問題は……」

「ちがう!!」

しかし、理人の言葉を遮《さえぎ》ったのは、意外な人物だった。

全員の視線が集まる。

この中でただ一人、しっかりと自分の意志を宿した目をした、メイに。

「泉さんと木場さんは、他人じゃない。友だちだよ」

雨音が遠ざかったような、そんな感覚が理人を襲った。メイのこんな目を、今まで見たことがなかった。

彼だけではない。木場も、他のみんなも、まるで心の中にすっと手を入れられて、悩みや迷いをさらりと掻《か》き出されてしまったような顔をしていた。

「東雲《しののめ》さま……」

「メイ……」

不二子《ふじこ》や根津は笑い、みるくや青山はあっけにとられている。ツンとそっぽを向くリカの向こうで、神崎が痛快そうな笑みで目を閉じていた。

みんながそれぞれの顔で、噛《か》みしめていた。この権謀渦巻《けんぼううずま》く閉鎖《へいさ》された箱庭にあって、突然やってきたおかしな転校生に、爽《さわ》やかな風を吹き込まれたかのようなこの言葉を。

そしてメイは、理人の目をしっかりと見た。

「友だちだから……助けてあげたいんです、あたし……。お願い……理人さんも力を貸して」

じっと見返す理人の目には、執事としての仕事の色と、そうではない別の色が、溶け合うことのないマーブル模様で混在していた。

と、そこへ。

コツ……コツ……コツ……と、ゆっくり近づいてくる足音があった。

全員の視線を浴びて、廊下の奥の暗闇から少しずつ姿を現したのは、誰あろう泉だった。

「い……泉さま……!!」

思わず駆け寄った木場に、しかし泉は顔も見ないまま言い捨てた。

「木場。他所者《よそもの》に余計な事を言うな」

「泉さま……」

メイが身を乗り出す。

「き、木場さんは余計な事なんて言ってません！　みんな泉さんのこと心配して……」

「東雲さん」

その声をさえぎるように、泉はメイの前に立ちはだかった。そして。

「キミにデュエロを申し込む」

すぐには理解できなかった。驚きで言葉を失いながらも、泉の真剣な顔を見る。冗談を言っている表情ではない。

「ちょ……ちょっと泉⁉」

「正気か⁉」

同級生たちからも、強い調子で言葉が飛ぶ。

しかし、そんなものに構う様子もない。

「東雲さんが勝ったら、私はキミの言う事を何でもひとつきこう。ただし私が勝ったら……キミの執事をいただく」

「理人さんを……っ⁉」

たまりかねた木場が、メイの前に回って守るように手をかざした。

「泉さま、どうか考え直して下さい！　こんなことして何になるんですか……」

「……木場には関係ない」

いつもなら、気弱な木場が引き下がるところだ。そもそも執事がお嬢様に意見などしない。

そのあたりのわきまえ方は、木場は人一倍である。しかし、今日は違った。めずらしく彼が、きしみそうなほどに奥歯をかみしめている。悔《くや》しそうな顔、そうメイには見えた。

「いいえっ、大ありです!! ボクはまだ泉さまの執事だ。そのあなたを……東雲さまは友だちだって言ってくれたんですよ!!」

普段は気のやさしい男が声を荒げると、不思議と訴えかけるものがある。まちがいなく、泉もゆらぐ。その場の全員がそう思った。しかし。

「関係ない」

「泉さま……」

瞳が強い。いつも以上の強さだ。それなのに、いつも宿っている光が、まったく感じられない。

根津が大門に耳打ちする。

「でもよ……冷静に考えて、木場と柴田《しばた》じゃ勝負になんなくね……?」

「う〜ん」

聞こえていた青山が力を込めて言った。

「木場じゃ絶対ムリ」

理人の力はよくわかっている。

ところが、泉の口から放たれた言葉は、まさに前代未聞《ぜんだいみもん》だった。

「今回は執事たちには闘わせない。闘うのは……私たちだ」

「な……なんで⁉　なんであたしと泉さんが……⁉　理由を教えて……‼」

あまりのことに、誰も何も言えない。

ただひとり、理人だけはうっすらと笑っている。

「お嬢様同士の決闘《デュエロ》とは初耳です。面白い。ノリましょう。ね、メイ様」

「⁉」

前に出た理人は、笑いながらもなんだか挑発的な目をしていた。

しかしそれは、泉にではなく、その背後にいる何か別の大きなものに向けられているように見える。

そして、こんどはちゃんと泉に、無表情なままの彼女に視線を向けて、言った。

「ただし、決闘《デュエロ》の方法はこちらで決めさせていただきます。……よろしいですね？」

◆　◆　◆

「……そうですか」

ここは、ルチア宮。

学園でたった一人のルチアのためだけに存在する、豪邸だ。

「正面切って決闘《デュエロ》を申し込むとは……まあ、優等生らしい発想ですね。ある意味いさぎよいと言うか……」

明かりもつけない闇の中で、白い執事が笑っている。

「情報、感謝いたします」

忍《しのぶ》の前には、一人の女子生徒が立っている。〝太陽《ソーレ》〟のなかのひとりだ。なにかおねだりするように、「あの…」ともじもじしていた。

やさしくにっこりと笑った忍は、女子生徒の体を押したおし、ベッドに沈めた。

「あ……」

「ご褒美《ほうび》です」

「……あっ……はぁ……くあっ……」

闇の中、月明かりが雲から出る間だけ、身をよじるシルエットが壁に浮かぶ。

やがて、ほてりの冷めない頰《ほお》にとろけた目を乗せた顔で、女子生徒が足早に去っていく。

その背中を見送るときにはすでに、忍の顔は汚らしいものを見るそれに変わっていた。

「メスブタめ」

別の部屋から、気配があった。

「忍……？　忍、いるの？」

「はい、ここに。ルチア様……」

ドアを開けると、車椅子《くるまいす》で忍を探しにきた少女の姿があった。

「だれか来ていらしたの？」

不安げに、玄関のほうを見る。

「いいえ……」

忍は後ろ手にドアを閉め、微笑《ほほえ》んだ。

「あいかわらず下界は薄汚く澱《よど》んでおります。ルチア様にお見せできるものなど、何ひとつありません……。さあ、あちらでバラのお茶をお入れしましょう。よく眠れますよ……」

ほっと安心したように笑みを返す少女に、忍はもう一度笑い、ゆっくりと車椅子を押した。

車輪の動きだす音に重なって、愉《たの》しそうなつぶやきが、かすかに漏《も》れる。

「せいぜい楽しませてもらいますよ、お嬢様方……」

◆　◆　◆

いつもの〝陰《オンブラ》〟寮の部屋では、もうメイが泣きそうな顔をしていた。

「理人さん……!!」

「はい？」

「はいって……。なんであんなあっさり泉さんとの決闘《デュエロ》受けちゃったんですかーっ!!」

「前にも申しましたが、あそこで受けませんと、不戦敗という事で我々は無条件に負けてしまうのですが……」

「う……」

相変わらず涼しい顔の理人に、いまさら言っても遅い。それはわかっている。

「でも……どう考えたって無理です……。あたしが泉さんに勝てることなんて、なにひとつないし……」

「信じてますよ」

ふわ、と頬《ほお》が温かくなった。

その言い方が、いつもの理人のようでいて、少し違う。

「私はメイ様の可能性を……信じております」

「……」

胸の奥が熱くなってきた。不思議だ。

こんなときに見せる、やさしく諭《さと》す執事の顔ではない。理人自身も自分の心を確かめているような、嚙《か》みしめた言い方なのだ。メイは、何も言えなくなった。

だが、デュエロを納得したとしても、疑問はある。そもそもの疑問だ。

「なんで泉さんは、急にデュエロだなんて言いだしたんだろ……。今はそんなことやってる場合じゃないハズなのに……。木場さんだって、明日、本家に連れ戻されるって……」

ちらり、と脳裏《のうり》に何かの影がよぎった。それが何なのかはわからない。しかし確実に見た。泉の瞳に宿っていた光を、何か大きい影が覆い隠していたのだ。

「……何か、ワケがあるんだね。いつもの泉さんなら、絶対そんなことしないもん……」

「……そうですね」

理人は、メイの顔を見て、つい顔がほころんだ。なぜか期待通りでうれしかったのだ。

「だったら……あたし、絶対勝たなくちゃ」

この、決意に満ちた真剣な顔が。

友だちだから、と言った彼女の言葉は、どうやら嘘《うそ》いつわりがなかったらしい。たったそれだけの理由で、こんなに真剣になれるのだから。

「ええ。そうでなくとも、メイ様にはなにがなんでも勝っていただかないと困ります。でないと私は、メイ様の執事をやめるハメになりますので」

「ああっ!! そーだった!!」

決意の顔から焦りのそれに変わって、頭を抱える。

「でも、そーいえば……決闘《デュエロ》の方法こっちで決めていいんですよね。何にしましょうか……」

「あ、それならもう決めました」

「な、何ですか!?」

「秘密です」

「なぜ!?」

「明日、竜恩寺《りゅうおんじ》様といっしょにお聞きになったほうがフェアかと思いまして」

ああ、とすぐに納得して、メイはぽすんとベッドに腰をおろした。

理人《りひと》は今日の片づけをしながら、ずっとおだやかな顔だった。前のデュエロの時とは、まるで違った空気だ。

「準備のほうは、各方面に協力を仰《あお》いでおきましたので、ご安心を。……あ、そうそう。申し訳ありませんが、私は明日、お供することができませんので」

「はあ!?」

「すみません。諸事情がありまして」

「そんなぁー……」

いよいよメイは、ベッドに倒れこんだ。そのままうつぶせになり、まくらに顔をうずめる。

「理人さんがいなかったら、あたし……。あたし……」

「大丈夫《だいじょうぶ》ですよ。メイ様なら」

「ぜんぜん大丈夫じゃないですってー!!」

メイがくしゃくしゃの顔をあげる。

理人はくすりと笑って、ちょうど背後にあったカーテンを開けた。

「だってほら」

四角く窓の形にくりぬかれた深く蒼《あお》い夜空に、きらきらと星が瞬いている。

「雨もあがりました」

その夜空を、理人がどこかすっきりとした顔で見上げる。

「だから何だっていうんですかぁーっ」

メイの顔面が再びまくらに沈む。

だから、気づかなかった。理人がそんなメイを見て、目を細めて笑っていたことに。

6 終幕の輪舞曲《ロンド》は煌《きら》めく舞台で

「おはようございますメイお嬢様《じょうさま》。良い朝ですよ」

朝日を背に、窓際に理人《りひと》が立っている。うしろは抜けるような青空だ。

今朝《けさ》は、いつもより少し早く起こしてもらった。

「おはようございます。理人さん」

そして、いつもよりしっかりと朝食をとる。

リクエストをして、ここに来てすぐのころに出てきたお味噌汁《みそしる》をまた作ってもらった。それから、白いごはん。全身にエネルギーが行き渡るのを感じる。

今日はデュエロの日。そして木場《きば》が竜恩寺《りゅうおんじ》の本家に引き取られていく日。

あのときの、泉《いずみ》の姿を思い出す。光のない眼差《まなざ》しで、ただ鋭いばかりで中身のこもっていない言葉を淡々と吐く、あの姿を。

「あんなの……泉さんじゃない」

つぶやいたメイにうなずいて、理人がデュエロ用の服を出してくれた。

「本来の竜恩寺様を取り戻せるかどうかは、今日のデュエロにかかってると思いますよ」

こんどはメイがうなずく。何ができるかはわからないが、いまの、間違った泉のままで勝利をすれば、その間違いが押し通ってしまう。そうなれば、泉は元に戻る機会を永遠に失うかもしれない。大切な友だちのためにも、このデュエロは負けるわけにはいかない。

しかし、決意とは裏腹に足取りはどうしても重い。こんな大事な舞台にあがるのに、今日に限って独《ひと》りきりなのだ。

動きやすい服に着替えを終えて、寮を出る時にも、理人は玄関に立ったまま見送りをしていた。

「あの……本当にあたし一人で行くんです……よね」

「ご武運《ぶうん》を」

「はぁ……」

大きなため息をつきながら、とぼとぼと歩いていくメイの背中を見送りながら、理人は空を見上げた。まだ太陽は高くないが、すっきりと抜ける青だ。

「さて……と」

彼はひとり、涼しげに笑った。

中央広場のにぎわいは、朝だというのにすでに最高潮《さいこうちょう》だった。

なにしろ、あの竜恩寺泉の、しかも前代未聞《ぜんだいみもん》の生徒同士のデュエロだ。見逃そうという者はいないだろう。

「おはよー」

駆け込んできたメイに、さっそくみるくが「遅っ!!」とツッコんだ。

そして不二子《ふじこ》がすぐに気づく。

「あら、柴田《しばた》ちゃんは？」

「それが……他に用があるみたいで……」

「じゃあ今日はメイひとりで!?」

執事たちが、互いに目を見合わせる。執事がお嬢様の一大事に自ら席をはずすとは、考えられないことだ。ましてあのS級の誉《ほま》れ高い男がそうするのだから、よほどのことなのではないかと勘繰《かんぐ》ってしまう。

みるくが、ぺったんこの胸をどーんとたたいた。

「安心しろ、我々がついてる！　まあ、相手は強敵だが」

と、ちらりと対戦相手側の陣営《じんえい》を見る。

そこは取り巻きたちでごったがえしていた。

「泉、がんばってー」

「泉先輩ー」

「ステキよ泉さまー」

黄色い声援《せいえん》の真ん中に、泉と木場が立っている。

メイの背後から、リカがどこか誇らしげに言った。

「あいかわらず泉の人気はスゴイわね。まあ、一番の親友はこの私だけど」

「勝負は見えたようなものですよ。ふふふ」

と、青山《あおやま》が皮肉を重ねた。

しかし不二子《ふじこ》にすぐツッコまれる。

「じゃあなんであんたたち、こっち側にいるんだい？」

「フン……」

そっぽを向くリカだが、メイにはわかっている。親友といえる仲だからこそ、今の泉のおかしさを誰よりも気づいているのだ。

実際、いつものように凜《りん》と立っている泉も、うしろに仕える木場も、とても疲れた顔をしているように見えた。こんなに青い空の下なのに、いつもあの二人の間にある暖かな空気が、どこにもなかった。

なんとかしたい。

メイは決意のこもった目で、ふたりを見ていた。

するると、力の入っていた肩が、ぽん、とたたかれた。不二子だ。

「あたしらもいること忘れないでよね？」

「不二子さん……」

「なんかさー、メイってほっとけないいんだよねー。ねー、根津《ねづ》ちん♥」

「はいはい」

いつものように抱きついて、根津にたしなめられている。

その横では、みるくが大門に命じている。

「うむ。麻々原《まままはら》家は全力でメイをサポートする。いいな大門《だいもん》」

「はっ!!」

「手段は選ぶな」

「……は？」

タミーは、たっぷり寝たのか、元気を持てあましてうずうずしている。神崎《かんざき》との戦闘に力を使うこともしていないし、そういえば今朝《けさ》は食事の時にも出発の時にも部屋に乱入してこなかた。神崎のほうは何も言わず、無言でナイフを磨《みが》いている。どちらも準備万端ということだろう。

そのとき、デュエロ開始の合図を待っている集団の中に、意外な人物がやってきた。

「役者がそろったようね」

それは、なんとシスター・ローズだった。執事の桜庭《さくらば》を引きつれているから、お忍びの見物ではなさそうだ。

「今日のデュエロ、私が仕切らせていただきます」

「えっ⁉」

メイをはじめ、誰もが驚いた。学園として非公式のはずのデュエロにシスター・ローズが関わるなど、これまた前代未聞《ぜんだいみもん》である。

「あら、不満？　柴田くんに頼まれたんだけど」

「理人さんに……？」

各方面に協力を仰《あお》いだと言っていたのは、こういうことだったのか。やりすぎな感もあるが、たしかに厳正な審判を頼むとすればこれ以上の適任者はいない。もしかすると、ここまでしなければ審判に不安が残るような心当たりが、理人にはあったのかもしれない。

シスター・ローズがすっと手をあげると、あたりは静まり返った。

「今回のデュエロの形式は、東雲《しののめ》側の提案により、『宝探し』に決定しました」

「た、宝探しっ⁉」

誰よりも驚いているのが、メイだ。さすがに周囲もざわついている。

「やったー‼　それならメイでも勝てるかもしれん‼」

みるくにそう言われて、たしかに、とメイは思い直した。

「異論は無いわね、竜恩寺泉」

「……はい」

泉は、シスター・ローズの目を見ずにうなずいた。

とはいえ、宝などどこにあるのか。誰もが抱いたその疑問に答えたのは、泉のうしろからシスター・ローズの隣《となり》に移動した、木場だった。

「宝はボクが隠しました。ボクの一番の宝物を……。もちろん、隠し場所はどなたにも教えていません」

しかし。

これには泉が一番驚いたようで、目を見開いた。どうやら初耳らしい。

「そんなのわかるもんか!!」と、みるく。

「こんなの泉に有利すぎよ!!」と、不二子。

実際、たしかに、木場の宝物とやらが何なのか見当もつかないメイとくらべて、いつも一緒にいる泉にはヒントが多すぎる。

しかしシスター・ローズは、それをさらりと流した。

「宝探しを提案したのは東雲側なんだから、隠すのは竜恩寺側ってことでいいでしょ。では木場、隠し場所のヒントを発表なさい」

木場は、空を見上げた。遠くにある太陽をまぶしそうに見つめながら、すうっと息を吸い込み、ゆっくりと言葉を並べる。

「陽《ひ》を背に、月を越え、星を臨《のぞ》む、七色の光《ルチア》またたく所。絶え間なく生まれ変わる、清らかな乙女《おとめ》……」

「は……はあっ⁉　なにそれ覚えらんない‼　もー一度‼」

混乱するメイに、桜庭があらかじめ作っておいたプリントを手渡す。

ほっと安心した瞬間、ガシャーンと派手な音をたてて木場の上から大きな四角い檻《おり》が落ちてきた。どうやらいままで木の枝でカモフラージュされていたらしい。

「秘密保持のため、ゲーム終了まで木場の身柄《みがら》はあずかります」

シスター・ローズの茶目《ちゃめ》っけだろうが、これではまるで動物園状態だ。木場が気の毒だと、メイは思わずにいられなかった。

「範囲はこの学園の敷地内全域。タイムリミットは日没まで。それまでに木場が隠した宝物をここに持ってくること」

すい、と桜庭が手を上げ、シスター・ローズが声を発した。

「では、始め‼」

パン！　と光のない花火が空で炸裂《さくれつ》した。

先に動き出したのは、泉のほうだ。暗号の書かれた紙をじっと見つめて、とある方向へ迷わず歩きだす。

「あっ」

こちらはまだ何もわかっていない。メイは焦った。

すると、みるくから指示が飛ぶ。

「メイ！　泉の後についていけ。今の時点では、木場のことをよく知るあいつのほうが有利だ!!」

「う、うん!!」

意気込んでメイが駆けだした、そのときだ。

がくんと視界が揺れて、一瞬で真っ暗になった。そしてお尻が痛い。

落とし穴だ。なぜかこんなところに落とし穴があって、それに引っかかったのだ。

「せんえつながら、いくつか罠《わな》をしかけさせていただきました」

桜庭が言う。

泥だらけになって目をまわしたメイだが、悪いことばかりでもなかった。

「ん……？」

落とし穴の中に、小さな箱があったのだ。海賊《かいぞく》の映画などで見た、蓋《ふた》がアーチになっているいかにもな宝箱だ。

「みつけた！　宝箱っ!!」

メイは大喜びで、迷わずそれを開ける。

「えっ、もう⁉」

「じゃ、あのヒントの意味は……？」

不二子とみるくの疑問が耳に入ってきたときには、もう遅かった。

箱の中には。なにやら脱いだあとのようなくしゃくしゃの靴下《くつした》と、一枚の紙が入っていた。

その紙には、『手持ちの〝光《ルチア》〟、マイナス2』と書かれてある。

「なんなのコレ……」

「ですから罠だと……」

ふたたび桜庭が説明するが、メイは脱力のあまり動けなかった。偽《にせ》の宝箱の中身は、学園で届けられた落とし物から選んであるらしいが、そんなことはどうでもいい。

「闇雲《やみくも》に探しても痛い目みるわよー♥」

シスター・ローズの顔は、完全に楽しんでいるそれだった。

悲鳴をあげたいのをこらえて、メイは穴から這《は》い出る。

「あれ……そういえば泉さんは？」

しまった。見失った。

「リカたちもいないわね……」と不二子もあたりを見回している。

そのころ泉は、すでに離れた場所に移動していた。

暗号の紙を読んでつぶやきながら、周囲を見渡している。

「『陽《ひ》を背に月を越え星を臨《のぞ》む』か……。木場なら、まずここに隠すと思ったんだけど……」

目的の場所は、スタート地点から見て〝太陽《ソーレ》〟寮をはさんだところにあった。はっきりとした意味はわからないが、ここは〝太陽《ソーレ》〟寮も〝月《ルナ》〟寮も〝星《ステラ》〟寮も見える。木場がよく手入れをしていた花園だ。

「これか……!?」

目当てのものは、すぐに見つかった。ここには泉が湧いていて、そのほとりで、草に隠れるように置いてあった。

しかし、箱を開けてすぐ、高揚《こうよう》しかけた泉の表情が沈む。

「……フェイクか」

一見すると執事用の蝶《ちょう》ネクタイだが、よく見れば正式なものではなかったのだ。小さなリボンの形をしたおもちゃのネクタイで、メイのように〝光《ルチア》〟を没収《ぼっしゅう》する紙が入っていないだけマシだった。

深いため息とともに、泉は箱を閉じた。

そのとき、泉の背後から聞き慣れた声がかかる。

「泉!!」

「リカ……」

追いかけてきたのだろう。そこにはリカが立っていて、執事の青山は配慮《はいりょ》してか、遠くで控

!?
ガチャ

えていた。

「泉……あなた、何かあったんじゃないの……？　あたしにだけ教えてよ。力になるわ。友だちでしょ」

きゅっ、と泉が口を結んだ。それを強引に笑顔の形にする。

「リカ……。私はキミを友だちだなんて思ったことは、一度もないよ」

「……!!」

そしてそのまま、去っていく。

「い……泉のバカ!!」

ショックで泣きそうな声を背中に受けながら、泉は自分だけに聞こえるようつぶやく。

「……ダメなんだ。私にこれ以上関わっては……。あの白い悪魔に心を売り渡すのは、私ひとりで十分なんだから……」

あの笑みが、脳裏《のうり》によみがえる。

ぞわっと背中に悪寒《おかん》が走り、泉は震えるこぶしを握った。


「ここだ。ここにまちがいない!!」

自信満々のみるくがメイたちを引き連れてきたのは、教会の近くにある聖女ルチアの大きな像の前だった。

「言われてみればそんな気もするけど……」

首をかしげるメイに、みるくは胸を張る。

「しかーも!!　ほら、もうすぐ太陽がルチア像の頭上にくる。すると……」

おお、とメイは歓声をあげた。

「頭の七色の飾りに太陽の光があたって、一か所に集まった!!　しかもそこんとこの地面、何やらこんもりしてるし!　すごいよ、みるくちゃん!!」

「もっとホメろ。ハハハハハ。よし大門、スコップの用意だ」

しかしメイは、いきなり地面に飛びついて、素手でざくざくと掘り返した。「服が汚れるわよ!!」と心配する不二子《ふじこ》の声も聞こえないかのように、夢中で土をかき出す。

「あった!!」

そこには、小さな宝箱があった。すぐに蓋《ふた》に手を伸ばす。

「本当によろしいのですか?　開けても……」

「え?」

ぴたりと手が止まった。牽制《けんせい》したのは、神崎だった。あの猛禽類《もうきんるい》のような鋭い目で、宝箱をじっと見ている。

「また〝光《ルチア》〟を取られるかもしれませんよ?」

「……」

メイは、逡巡《しゅんじゅん》した。あんなに苦労して、苦悩して手に入れた、大切な〝光《ルチア》〟だ。がんばれば、もうすぐ理人にジャケットを着せてあげられるかもしれない。

しかし、迷いはすぐに断ち切った。

「……うん。でも、負けて理人さんを取られたら、〝光《ルチア》〟なんかいくら持っていても意味ないよ」

神崎が薄く笑う。

「そーゆーワケで、せーの!!」

思い切りよく、メイは蓋《ふた》を開けた。

しかしそこにあったのは、なにやら古臭《ふるくさ》いビニールの人形だった。なにかの怪獣、だろうか。

「なに……コレ……」

それには大門が食いついた。大きな体で、箱をのぞき込んでガッツポーズしている。

「それっ、レアっすよ!! マニアが血マナコで探してます!!」

しかし、他のみんなはいまいちピンとこない顔だった。

その答えを言葉にしたのは、新たにやってきた人物だった。

「木場にはそんな趣味はない。フェイクだ」

ったようだ。

「泉さん!!」

スコップを持った泉が立っていた。どうやら彼女もここに見当をつけて探しにきたところだ
目的の物がなかったと知るや、泉はすぐに背を向けて去ろうとする。

「まって……!!」

思わずメイは叫んでいた。

少したためらいがちに、泉も振り返る。

「あたし……このデュエロ、負けたくない……。だって理人さんを取られちゃったら、悲しいもの……。でも、泉さんは？　泉さんはなんで理人さんを欲しがるの？」

光のなかった泉の瞳に、みるみる感情の炎がたぎる。

「木場さんより理人さんのほうが大事なの……っ!?」

「バカを言うな!!　私は……」

その炎が最大に燃え上がった瞬間、歯ぎしりとともにそれが弱まった。泉はぶるぶると体を震わせ、強くこぶしを握ったまま走りだした。

「まって、泉さん……!!」

駆け足の背中は、どんどん小さくなる。メイは声を振り絞《しぼ》った。

「じゃあ、こんなバカげたデュエロやってる場合じゃないじゃん!!　木場さんは今日、本家に

帰っちゃうんでしょ⁉　それを何とか止めなくちゃ‼　……言ってよ‼　あたし何でも手伝うから‼」

ついに一度も足を止めることなく、泉は彼方《かなた》へと走り去った。

そのあまりな光景に、みんな顔をゆがめた。

「……聞く耳持たねえってカンジだな」

「いったいどーしちゃったのかしら……。あんな子じゃなかったのに」

不二子と根津《ねづ》の会話の隣で、めずらしくタミーが静かな口調でしゃべる。

「まるで……悪魔にとりつかれてるみたいだっぺ」

なんだかその表現が一番的確だと思えた。メイの叫びにもかたくなに耳を貸さず、木場のことが大事でありながら、この一見すると意味不明なデュエロに固執《こしつ》する。まさしく、必死に悪魔との契約を果たすかのように。

さすがに、全員が言葉を失っていた。

なかでもメイの落胆《らくたん》は大きい。あまりにも無力だ。それを思い知らされた。

(やっぱり、あたしひとりじゃ……何も……。理人《りひと》さん……理人さんがいてくれないと……あたしは……)

忘れていた弱気な自分が、むくむくと頭をもたげる。悪魔の呪《のろ》いがこちらにもふりかかってきたように。

世界一のお嬢様になると大見得《おおみえ》を切って、この学園に来て……けっきょくいまだにひとりでは何もできない。何から何までいつも理人にまかせてしまっている。そのくせ嫉妬心《しっとしん》ばかり一人前で、後先も考えず告白なんてしてしまって……。これでは、理人には子どもの駄々《だだ》としか思われていないはずだ。

何もしていない、何もできていない。自分のことが、ひどく滑稽《こっけい》に思えた。

「理人さん……あたし……もう……」

そのとき、どーん、と誰かがぶつかってきた。タミーだ。

メイの思考をさえぎるように、タミーが叫んだ。

「急がねーと殺《や》られるだ!!」

この学園に来たころに聞いたのと同じセリフだ。

「タミちゃん……」

ぽん、と心の黒い部分を、軽く押し出されたような気分だった。ぽっかりしているけどすっきりしている。

だって、タミーはあのころと何も変わらない。いつも無邪気《むじゃき》に接してくれる。それに、あのころとは明らかに違うものが、いまこの周りには、ある。

「フム……。では、次の宝箱を探しますか」

神崎が、指でメガネをあげながら前に出た。

そこに、苦い顔で大門が言う。

「しかし、宝箱と言っても、もう手がかりがありません。暗号も解けませんし、探す手立てが……」

「それなら、さっき東雲《しののめ》さまがおっしゃったではないか」

「え？」

「〝光《ルチア》〟などあっても意味がないのだろう？　ならば戦術はある。〝光《ルチア》〟の没収《ぼっしゅう》は、マイナスが累計《るいけい》されるわけではないから、ゼロになったらもうゼロのままだ」

「あっ！　そうか、片っぱしから宝箱を探して開ければいいわけですね！　だったら我々みんなで手分けして、どんどん探してどんどん開ければ……！」

しかしそれには、不二子が難色《なんしょく》を示した。

「でも、デュエロ参加者への直接的な協力は、反則負けになるわ。さっきみたいなアドバイスは歓声の一つとして黙認《もくにん》されてるけど、これがグレーゾーンぎりぎりよ。私たちが手分けして宝箱を探して開けるなんて、メイだって即失格になっちゃうし、私たちだって……」

すると、ふらりと根津があらぬ方向に歩きだした。不精《ぶしょう》ヒゲを掻《か》きながら、いつものごとくひょうひょうと言う。

「ってーことは、だ。……たとえばオレがこんなふうに散歩してて、何かふくらみにつまずいて、おいおいなんだよと靴《くつ》でちょいっと土を削《けず》ってみたら何やら箱の角みたいなもんが顔を出したとしても、そりゃ『偶然』ってことでセーフだよなぁ、不二子？」

言うままに根津が削った土から、箱の角が見える。

「そうか！」と不二子が笑顔になって、また別の方向に駆け出し、きょろきょろとあたりを見渡した。

「じゃあじゃあ、私がこーんなふうに伸びをして、たまたま見上げた木の上に宝箱があって、あれは鳥かなー？　なんて言っても『偶然』よねっ!!」

そのように動作した不二子が指さす先には、木の枝に引っかかった宝箱が見えた。

大門が大きな手を、ぱんと叩いた。

「そうか、『偶然』です！　『偶然』ならいいのです！」

「よし大門！　おまえ『偶然』は得意だったな！」

「もちろんです、みるく様！　私、『偶然』に関してはちょっと自信があります！」

「行くぞ！」

みるくを抱えて。大門も駆け出す。

その間をぬって神崎が、突然ナイフを投げた。

「多美姫《たみひめ》様、覚悟！」

「!!」

タミーは素早くそれをよける。ざくりとナイフが刺さった地面は、なぜか不自然に隆起《りゅうき》していた。

「神崎、コロス!!」

同じくナイフを構えたタミーが、走りながらそれを投げた。

「甘い!!」

かわした神崎の背後の木にナイフが刺さる。そのすぐ下のうろの中には、宝箱があった。

メイは、そんな光景を、呆然《ぼうぜん》と立ち尽くして眺めていた。『偶然』などと言いながらも、咎《とが》められたら自分の立場が危うくなるというのに、みんな下手《へた》な芝居《しばい》をやめようとしない。

「みんな、いいの……?」

メイの言葉に、不二子が満面の笑みで答えた。

「何言ってんの。あんたがおしえてくれたんじゃない!」

「あたし? あたしが……何を……?」

「泉と木場は、私たちにとっても、大切な友だちなんだよ! 十分な理由じゃん!」

「あ……」

みんながそれぞれの反応でうなずいている。大門などは感動で鼻をすすっている。

そうだった。忘れてはいけなかった。

メイは「うんっ」と大きくうなずいて、自分も駆け出そうとした。

「それにね、メイ」

ふいに呼び止められて、振り返る。

不二子だけじゃなく、みんながこっちを見ていた。

「あんただって、もう私たちの大切な友だちなんだからね」

「……」

顔が崩《くず》れそうになるのを、必死でこらえた。この光景を、理人に見せてあげたかった。

メイは、泥だらけの手で、ぐいっと目元をこすった。顔が汚れたが、心は晴れやかだった。

そのとき、ガサッ、と近くの茂みが揺れた。

なんだろうと思ってのぞいてみると、誰もいなかった。そのかわり、そこにハンカチが落ちている。そしてその下には、隠された宝箱があった。

メイはそれを拾い上げた。

「このハンカチって、もしかして……」

「リカのだね」

と、不二子はクスクス笑っている。

それをぎゅっと握りしめて、メイは、近くにいるであろう素直じゃない誰かにも聞こえるように、大声で叫んだ。

「よーっし！　次いってみよーっ!!」

おおーっ!!　とこぶしを振り上げるお嬢様《じようさま》たちの姿を、執事たちはそれぞれの笑顔で見守っていた。

そこからは、体力と気力の勝負だった。

土を掘り返し、木に登り、小川に入り、茂みに分け入り、みんなの協力と、なぜか時々見つかる落とし物にも助けられながら、見つけた宝箱を片っぱしから開けた。

それを、何度繰り返しただろうか。〝光《ルチア》〟のマイナスだって、持っていればもう50個分にはなっているだろう。

すでに大きな夕日になってしまった太陽に、メイは叫んだ。

「みつかんないよぉ――――!!」

それを合図に、みんなばったりと倒れる。誰もが疲労困憊《こんぱい》で、平然と立っているのは神崎くらいのものだった。

メイは泥だらけの顔で、天を仰《あお》いだ。

体を酷使《こくし》したせいだろう。投げだした足が温かい。乾いた草の匂《にお》いが、鼻孔《びこう》をくすぐった。

ふわふわと浮いたような感覚だ。

「どうするー。もうすぐ日没よー」

かろうじて不二子《ふじこ》が、誰にともなく言う。彼女も座り込んで動けなかった。

そして、返事はない。

ここまでやっても見つからず、もう手がないのは明白だった。しかし、勝負がついたという報告は入っていないから、泉のほうも手を焼いているのだろう。

メイは、ぼーっとする頭をむくりと起こして、のっそりと立ち上がった。

「顔、洗ってくる……」

ふらふらと歩きだすと、不二子が不思議そうな顔をした。

「こんなとこで？」

「この先に泉がわいてるって、前、木場さんに教わったから……」

自分で言って、ふと何かに気づいた。

「『泉』……？」

メイは、もう一度、暗号文の紙を読んだ。

「陽《ひ》を背に月を越え星を臨《のぞ》む、七色の光《ルチア》またたく所。絶え間なく生まれ変わる……清らかな乙女《おとめ》……。あ……」

眼下に広がる花園を見て、メイは思わず紙をにぎりしめた。そこには色とりどりの花が咲き誇っていたのだ。

「七色の……お花畑だ……」

地平線にかかる夕日を、シスター・ローズは腰に手を当てて眺めていた。

「もうすぐ日没ね……」

その視線を、ちらりと檻《おり》の中へ向ける。

「で、正直なとこ、お前は本当はどっちに宝をみつけて欲しいのか。木場」

「……泉様に決まってますっ!!」

「あら、そーなの?」

思いつめた表情の木場に、シスター・ローズはくすりと笑う。

そこへ、遠くからやってくる人影があった。

「おっ。喜べ、木場。お前の姫君がご帰還《きかん》だよ」

「泉さま……」

夕日を背に、宝箱を抱えて、ゆっくりと一歩一歩こちらへ近づいてくる。その表情は、影になっていてよく見えない。

心配げに、木場は檻の格子《こうし》をつかんだ。

そして、桜庭《さくらば》が「ローズ様」と、背後を示す。

「おやおや」

彼女の口元にまた笑みが浮かんだ。

「灰かぶり姫もおでましだ」

反対方向から、まるで夕日に向かって駆けてくるような少女がいた。宝箱を大事そうに抱えて、泥だらけの顔に笑みをたたえ、少しでも早くたどり着こうと息を切らせている。乾いた泥に真正面から陽光が当たって、なんだかきらきらしていた。

ふたりは、ちょうど同じタイミングで、シスター・ローズたちのいる丘の上で顔を合わせた。

「ふたりとも宝をみつけたようね」

じっと厳しい表情の泉。ハァハァと息を切らせたメイ。対照的だが、持っている宝箱は大きさも形もまったく同じだった。

追いかけてきた同級生たちも、続々と集まってきた。

みんなが集まり終えたくらいのところで、どこからともなくふらりとリカと青山も姿を現し、これで全員がそろった。

「最初に言った通り、木場が隠した宝を持ってきたほうを勝者とします。いいわね？」

メイも泉も、黙ってうなずいた。

「では両者、一斉《いっせい》にフタを……!!」

「あらあら。こんな所にいらしたの、シスター・ローズ」

いきなりの乱入者があった。場をわきまえずに踏み込んできたのは、外の世界からの招かざる客だった。

泉の表情が凍《こお》る。

「お……お義母様《かあさま》……」

えっ!! とメイも驚く。泉とは全然似ていないが、高そうな服や、黒服の使用人をたくさん引き連れているところを見ると、たしかに竜恩寺《りゅうおんじ》家の人間なのだろう。

「約束通り、木場をもらいにきましたわ。何の騒ぎですの、これは? さあ、そのオリをどけて下さる?」

しかし、夫人と木場の間に、さっとシスター・ローズが割って入った。さらに桜庭が主人を守るように前に立とうとしたが、手で制されて控える。

「オホホホホ。それはできませんわ、竜恩寺夫人」

「なんですって……!!」

「今、このふたりは神聖なるデュエロの最中。木場はその審判です。何人《なんぴと》たりともこの乙女《おとめ》達の聖戦を邪魔《じゃま》することはできませんのよ」

おもしろみのない人間ね、とでも言いたげに、シスター・ローズは皮肉めいた笑みを崩《くず》さなかった。ただし、その目は真剣だ。

「何をワケのわからないことを……」

「奥様……聖ルチア女学園を敵に回しますと後々面倒なことに……」

「……」

使用人に耳打ちされ、夫人は悔《くや》しそうに顔をしかめた。

「わかったわ。そのデュエロとやらをさっさと終わらせなさいな……!!」

もう一度笑って、シスター・ローズは夫人に背を向けた。あとは生徒たちのほうだけを見て、言いなおす。

「では、両者同時にフタをあけるわよ。1……2……3――」

ガチャ、と二つの箱が開く。

それと同時に、泉の肩からホッと力が抜けたようだ。顔には安堵《あんど》の笑みが浮かぶ。

それもそのはず。メイが持ってきたのは、泉が早々に見つけて放置した、おもちゃのようなリボンのネクタイだったのだ。最後の最後になってあの花園のフェイクに引っかかったというわけだ。

同級生たちも、さすがにあれが宝のはずはないと思いつつ、メイが強硬にこれだと主張するものだから、これにしたのだ。

対する泉の箱に入っていたのは、ずいぶんと古い本だった。それを見た執事たちの表情が、一斉に変わる。

『執事の心得』と題されたそれは、執事学校時代に入学祝いとして配られたものだったのだ。

しかし内容は基本的な事ばかりのうえにつまらないので、携帯は義務付けられていたが実際に読んでいる者などほとんどいない。しかし木場はそれを、今になってもまだ、時間さえあれば毎日のように読んで復習しているのだ。そのため、しっかりした本なのに、装丁《そうてい》はすでにボロボロである。

「これは、木場が片時も離さず勉強していた本です。技術は追いついてなかったけれど」

執事たちはすでに落胆《らくたん》の表情だ。

「たしかにいつも読んでたっけなぁ、あいつ」

「やはり木場のことは竜恩寺様が一番お詳しい……」

根津と青山の会話に、お嬢様たちの顔も強張《こわば》った。大門はすでに悔《くや》し泣きだ。

うつむく木場に、シスター・ローズがたずねた。

「どう、木場？　おまえの隠した宝は、この中にある？」

「……」

全員が固唾《かたず》を飲んで見守る中、木場がゆっくりと口を開いた。

「ボクの一番の宝は……東雲《しののめ》さまがお持ちになったものです……」

「バカな……っ‼」

間髪《かんはつ》入れずに、泉が叫ぶ。

「なぜあんなものが木場の宝なんだ‼　あんな……粗末《そまつ》な手作りっぽい……」

「泉さまは……忘れちゃったんですね……」

そこで、ハッと彼女の顔が変わった。何かに気づいたのだ。

メイは、泉の背後から、静かに語りかけた。

「前にあたし、あの花畑を通りかかった時、木場さんに教えてもらったんです。ここは泉さんが大好きな場所なんだって。だからいつも喜んでもらえるように手入れしてるんだって……」

思い出す、木場の顔。楽しそうに土いじりをしていた。この花畑の奥にはキレイな泉が湧いてるんですよ、と、それを慈《いつく》しむような顔で指差す木場の、その首に、メイが気づいたのだ。ひとりでいる時の彼が、いつもとちがう蝶《ちょう》ネクタイを締めていることに。

いかにも手作りっぽいそのネクタイは、木場が執事学校に発《た》つ日の朝、いつかお仕えするであろう大切な少女からプレゼントされたものだという。木場が立派な執事になれますようにと言って、まだ背の低かった少女が、ぴんと背伸びをしながらつけてくれた。その指には、新しい絆創膏《ばんそうこう》が巻かれていた。

それをおしえてくれたときの木場は、太陽の温かさに包まれてうたた寝をする子どものように、うっとりと幸せそうだった。

「『陽《ひ》を背に月を越え星を臨《のぞ》む、七色の光《ルチア》またたく所』……。あの色とりどりの花畑は、〝太陽《ソーレ》〟寮を背にして立つと、ちょうど〝月《ルナ》〟寮と〝星《ステラ》〟寮が見わたせるんです。そしてそこに湧き出る泉……『絶え間なく生まれ変わる清らかな乙女』。これって、泉さんのこと……ですよね」

「……」

木場はさびしげに、小さくうなずいた。

　ボロリ。泉の瞳から、大粒の涙がこぼれる。

「あ……」

　膝《ひざ》をつき、そのまま崩《くず》れた。まるで瞳を覆《おお》っていた影を洗い流すかのように、涙は止まることがなかった。

「ちがう……ちがうんだ私は……。私は……木場が思うような、そんなキレイな人間じゃ……」

　勝敗は決した。泉は、いや、泉を動かしていた別の何かは、いま完全に折れた。

　しかしそこへ、手を差し伸べようとしたメイのうしろから、冷ややかな声がかかる。

「デュエロとやらは終わったのかしら？　じゃあ、さっさとそのオリをどけて!!　木場を連れて帰ります」

　竜恩寺夫人が、退屈そうに言う。

　やれやれとでも言いたげにため息をついたシスター・ローズが、桜庭《さくらば》に指示した。重い音をたてて、檻《おり》が上がる。

「待ってお義母様《かあさま》、話を……!!」

「その娘を近寄らせないで!!　行くわよ、木場」

「泉さま……!!」

　さっさと歩きだした竜恩寺夫人が、木場を促そうと手をあげた、そのときだ。

ダダダッ、という激しい足音とともに、人影がその手に飛びかかったのだ。それも、ふたつも。

「キャー!!」

メイと、タミーだ。ふたりは竜恩寺夫人の手にしがみつき、振りほどかれようものなら、なんとガブリと噛《か》みついた。

「は、離しなさーい!!」

「離ひまへんっ！　話ひを聞いてふれるまへ!!」

メイは、声の限りに叫んだ。

「泉さんから木場さんを取らないで!!」

立ちつくしたまま、泉はそれを見ていた。メイの必死な形相《ぎょうそう》を見て、胸を押さえる手が、震える。

「だれか早くコレとって!!」

「はっ」

夫人の使用人が、メイの体を引き剝《は》がした。タミーのほうはなかなかとれない。

メイは男たちに体を押さえつけられ、じたばたともがく。これは力ではかなわない。

「**た……**」

かろうじてふさがれなかった口で、あの名前を呼んだ。

「たすけて、理人《りひと》さ────ん!!」

さく、と革靴《かわぐつ》が草を踏み分けた音が聞こえた。と同時に、風が吹いた。

いや、風ではない。メイの体からあっという間に男が剝がされる。その男の腕を絞《しぼ》り上げているのは、理人だった。

「汚《きたな》い手でメイ様に触るな」

「ひっ」

腕が不自然に曲がった男は、そのまま気を失って倒れた。

「り、理人さん!!」

「お呼びでございますか、メイお嬢様《じょうさま》」

うやうやしく礼をする。理人はスーツ姿だった。

「もおー、どこ行ってたんですか今までー!!」

「申し訳ありません。もう少し早く戻る予定だったのですが……思ったより手間取りまして。竜恩寺家へ少々……」

「竜恩寺って……泉さんのおウチ……?」

最も顔が変わったのは、夫人だった。

「……あなた、ウチに何かご用?」

怒りのような形相《ぎょうそう》で詰め寄ってきた夫人に、しかし理人は涼しい顔のまま答える。

「少々調べさせていただきましたよ、竜恩寺《りゅうおんじ》夫人。亡くなったご主人とのご関係。あなたのご交遊関係。……次女の美羽《みう》様のＤＮＡ鑑定《かんてい》をされたら、もっと面白いことになりそうですね」

「……どういう事かしらね。私にはさっぱり」

急に冷ややかな顔でそっぽを向く夫人だったが、理人はその耳元まで歩み寄り、こう続けた。

「ご主人が亡くなったあの事故……あれは事故ではなく、事件。お望みならこの続きも申し上げましょうか？　今、皆様の前で」

ぐわっと夫人の目が見開かれた。うっすらと笑っている理人を、畏怖《いふ》の目で見上げている。少し震えているようだ。

そして理人は、この場の全員に聞こえる声で言った。

「竜恩寺家の次期当主は、泉様。もちろん木場さんは、その執事。それでよろしいですね？」

「くっ……」

真《ま》っ赤《か》な顔で歯をきしませる夫人には、もう品《ひん》のある社交界の空気など欠片《かけら》もなかった。

「竜恩寺夫人のお帰りです」

理人に促され、夫人は「フン‼」と吐き捨てて、足早にその場を去っていった。使用人たちも、慌《あわ》てて退散する。

メイをはじめ、みんながぽかーんと口を開けていた。

あのごたごたが、あっという間に収束したのだ。

泉が、少し不安そうに、理人にたずねる。

「キミは……私の家でいったい……。義母《はは》に何を……？」

「差し出がましいことをいたしました」

「……。いや、助けられた。ありがとう……礼を言う……」

「お礼でしたら、私ではなくメイ様に」

急に話を振られて、「え、あたし？」とメイが驚いた。

「メイ様が私にお命じになったんじゃありませんか。泉様を助けろと」

記憶をたどってみた。もしかすると、木場を見つけたあの雨の中で、理人さんも力を貸してと訴えた、あのときのことだろうか。たったあれだけの言葉で、理人はここまで動いたというのだろうか。

「お嬢様の願いをかなえることこそ、執事どもの最大の喜びですので」

理人が、丁寧《ていねい》に頭を下げる。

こんどはメイが泣く番だった。

「大好き！　理人さん!!」

思わず理人の首に抱きついた。

理人は少し驚いたようだったが、このときはメイの肩を、迷わずやさしく抱き返した。

「メイ様もがんばられたようですね……」

泥だらけのメイの顔は、安心しきった泣き笑いで、理人の胸に埋もれている。

そこへ、ゴホンゴホン、と咳払《せきばら》いをしながら、シスター・ローズが言葉をはさんだ。

「あー、ご歓談の途中でアレだけど……勝者・東雲《しののめ》メイ。何かひとつ竜恩寺に要求を」

あ、とメイが理人の首を解放する。

そんなこと、すっかり忘れていた。

「えー、べつにいーですよ、もう」

「キマリはキマリだから」

と、泉も言う。その表情は、すっきりとしていた。

どうしたものかと頭をかくメイに、泉は自分のベルを取り出した。

「では、こういうのはどうだろう。ここから好きなだけ〝光《ルチア》〟を取ってくれ。なんならベルごと交換しても構わない」

全員が仰天《ぎようてん》する。

リカが大慌《おおあわ》てで口をはさんだ。

「何を言ってるの泉!! そうしたらあなた、〝太陽《ソーレ》〟ではなくなってしまうのよ!?」

「いいんだ、リカ。東雲さんの勝利には、それくらいの価値がある」

メイにとっては、またとない話だ。これで理人にあこがれのスワロウテールを着せてあげられる。S級という肩書きがありながら、不相応《ふそうおう》に肩身の狭い思いをさせなくて済む。

全員の顔を見渡して、最後に理人の顔を見た。彼は、こくりとうなずいていた。

「うん。よし、決めた!!」

夕日を受けて瞳をキラキラさせながら、メイは腰に手を当て、大きな声で要求を言った。

「これからあたしのことは、メイって呼ぶこと!!」

全員が言葉を失う。理人だけは、にっこりと笑っていた。

「……だけ？」

「だけっ!!」

しばしあっけにとられた泉だったが、やがてまぶしそうに、メイの笑顔を見返した。

「ほんとうの太陽とは、こういうものかもしれないな……」

エピローグ

「どういうつもりだ」

明かりのない闇の中、黒い髪、黒い眼、黒い服を着た男が低くうなった。

「なんのことです？」

対しているのは、金髪碧眼《へきがん》で、白い肌、白い服の男。

「竜恩寺《りゅうおんじ》夫人をそそのかし、当主を亡き者にするよう誘導《ゆうどう》したのは、おまえだろう」

「……」

「泉《いずみ》様を追い詰め、助けの手を差し伸べるふりをして、思うように操《あやつ》る……。ただ、私とメイ様を引き離すためだけに!!」

黒い男の鋭い眼光をかわすように、白い男は不敵に笑った。

「そんな証拠がどこにあるのかな？」

「……いずれ、必ず」

最後まで相手をにらみながら、黒い男はその場を去っていった。

白い男が、闇《やみ》を揺らすように、愉《たの》しそうにつぶやく。

「まだまだキミは休ませないよ。私の野望のためにね……柴田理人《しばたりひと》くん」


デュエロの翌日。昼下がり。

部屋で理人にお茶を注いでもらうメイは、どこかぐったりとしていた。

「どうかされましたか、メイ様？」

いつものように笑って、理人がカップとソーサーを置いた。

「ごめんなさい、理人さん。もう少しでジャケットが着られたかもしれないのに……」

手持ちの〝光《ルチア》〟がゼロになってしまったのだ。メイの落胆《らくたん》は大きい。

「いいえ。どんな〝光《ルチア》〟より、メイ様のがんばりのほうが、私には誇らしいですよ」

「理人さん……」

胸がきゅんとしたメイだったが、しかし、理人がいつもより沈んでいるのはわかる。それくらいは見ているつもりだ。

「あの、理人さん……」

「はい」

「今日は学校もお休みですし、ふたりでゆっくりしませんか？　理人さんも少し疲れてるみたいだし……」

「……」

気遣《きづか》いの言葉に、理人は目を伏せた。お嬢様《じょうさま》に疲れを悟られるなど、執事失格だ。

いや、それよりも。

「メイ様……」

「え？」

理人は、自分の驚くべき変化に気づいていた。

「正直に言います。私は……ショックでした」

「……？」

「覚えてらっしゃいますか？　青山《あおやま》とのデュエロの前日、メイ様に中止を命じられたときです」

「あっ」

「あの時、私がいくら言ってもメイ様は……。あれは事実上のクビ宣告ですからね」

「あ……あの時は〜〜〜……」

「……そのことにショックを受けている自分が――ショックでした……」

「え……？」

「それから、私の不手際《ふてぎわ》とはいえ、メイ様が忍《しのぶ》様と踊られたと知ったときも」

「あの……それって……」

「……いえ。ただのグチです」

なんだか胸がドキドキする。

理人の顔が、いつもより、なんというか……仕事の時より艶《つや》やかだ。

「ああ、それとですね」

いつしか理人は、真剣な目で訴えかけていた。

「かわいそうだから、なんて理由で、この先、私以外の執事を雇ったりしないで下さいね」

「え？」

「あなたひとりのお世話くらい私ひとりでじゅーぶんですので」

「……」

「メイ様の執事は、この私ひとりです。いーですねっ!!」

「は……はいっ!!」

言いきった理人は、ちょっと咳払《せきばら》いをした。

ふたりの目が、合う。

メイは、頬《ほお》が熱くて熱くてしかたがなかったが、きっと真《ま》っ赤《か》になっているであろう顔を、そのまま向けていた。そらすのが、もったいなかった。

「メイ様。お休みをいただけるのでしたら、ひとつお願いがあります」

「あ、はいっ。何ですか？」

すっ、と静かに理人が手を差し出す。

「あのときをやり直したいのです。私と踊っていただけませんか？」

少しだけ流れた涙もそのままに、メイは理人に飛びついた。

「もちろんです！」

ぎゅ、と手に力を込める。

背の高い理人の広い背中には、手が回りきらないが、なるべく近づきたくて、背中を何度もまさぐった。

長くしなやかな彼の腕が、メイの腰に回される。

「これでは踊れませんよ」

「はいっ」

と言いながら、メイはすこし顔を離しただけだった。

すぐ目の前で、ふたりは見つめ合う。

ほんのりと紅茶の匂《にお》いに包まれながら、ふたつの唇が、そっと重なった。

ニコッ

あとがき

ここまで読んでくださったお嬢様《じょうさま》、ありがとうございます。
これからお読みになるお嬢様、お楽しみいただければ至上の喜びです。
というわけで、ココロ直《なお》です。こんにちは。
小説版の『メイちゃんの執事』は、作者様のご厚意もあって、少しだけアレンジさせていただきました。収まりのよさを考慮《こうりよ》してと、あとはちょっと、まあ趣味で？（笑）
今回お世話になった原作者の宮城理子《みやぎりこ》様と、マーガレット編集部様に厚く御礼申し上げます。
そして、この本を読んでくださったあなたに、心よりの感謝を。ありがとうございます、我がお嬢様♥
で、急に色気のない話になってアレなんですけど、昔バスケをやってたときの癖《くせ》なのか、寒くなると股関節《こかんせつ》が痛くなってくるのが恒例《こうれい》になってきたことに気付きました。

ずーっと座ってるとツライよぅ。うう……。

いいイスが欲しいです。今のが傷《いた》んできました。買おうかなぁ。

イスって、いいものには愛着がわきますよね。色とか形とか風合いとか、好みに合っているとなおさらです。けっこうそういう人は多いんじゃないでしょうか。僕は、少しくらい硬くても、座布団《ざぶとん》はあんまり置かない派なんですよ。そのままがいいというか。気に入ったら、ちょっと窮屈《きゅうくつ》でもお尻が痛くても我慢できちゃいますね。

……いかんいかん。座り心地《ごこち》で選ばなくては。体が資本だ。

でも、座り心地が良すぎて仕事しなくなったらダメだなぁ……。

目下《もっか》、自分の欲求と格闘中。

二〇〇九年　あまり寒くない冬の夜に

ココロ直

※この作品はフィクションです。実在の人物・団体・事件などにはいっさい関係ありません。

☆原作 宮城理子先生のコメント☆

今回ノベライズしていただくにあたって私からお願いした条件はただひとつ、
『濃い目にやっちゃって』。
だってマンガと同じことなぞっても、
つまんないじゃないですか。
せっかくこーんな設定なのに、
マンガではかなりセーブして
描いてしまったので…。
そしたらさすがは
ココロさんは分かって
らっしゃる。太陽寮《ソーレ》の
お姉様方をはじめ
小説全体が妖しい空気に♡
これはもう、ぜひとも
続きが読んでみたいです。
一人の読者として…!!

こころ・なお

6月19日生まれ。双子座、A型。東京在住。「夕焼け好きのポエトリー」で2002年度ノベル大賞読者大賞受賞。コバルト文庫に『命短し恋せよロミオ！』シリーズ、『アリスのお気に入り』シリーズなど。趣味は…なんだろう？ 誰か趣味ください…。

みやぎ・りこ

7月23日生まれ。獅子座、A型。東京生まれ。5日と20日発売のマーガレットで「メイちゃんの執事」を連載。マーガレットコミックスに「ラブ♥モンスター」全12巻、「メイちゃんの執事」①～⑧巻など。趣味は旅行だが出不精。

メイちゃんの執事

COBALT-SERIES

2009年2月10日　第1刷発行

★定価はカバーに表示してあります

著　者　ココロ直
原　作　宮城理子
発行者　太田富雄
発行所　株式会社 集英社
〒101－8050
東京都千代田区一ツ橋2－5－10
電話　東京 (3230) 6268 (編集部)
(3230) 6393 (販売部)
(3230) 6080 (読者係)

Printed in Japan　印刷所　凸版印刷株式会社

ISBN978-4-08-601263-8 C0193

SgR SHUEISHA Girls Remix

集英社
ガールズ・リミックス

『メイちゃんの執事 TVドラマ化スペシャル』

「メイちゃんの執事」の面白さをギュギュッと凝縮したスペシャルセレクト版です。

宮城理子

ただ今絶賛発売中！でございます。

表紙はコチラ！

◆ワイド版／
定価420円(税込)

集英社ガールズリミックスは
全国のコンビニで
お買求めくださいませ。

リミックスのホームページには役立つ情報がいっぱい！
http://remix.shueisha.co.jp/